KB171526

개천은 용의 홈타운

개천은 용의 홈타운

최정례 시집

창비

차 례

제4부 ___

제1부

시간의 상자에서 꺼내어 시간의 가장 귀한 보석을 감춰둘 곳은 어디인가?*

지금 흐르는 이 시간은 한때 어떤 시간의 꿈이었을 거야. 지금 나는 그 흐르는 꿈에 실려가면서 엎드려 뭔가를 쓰고 있어. 곤죽이 돼가고 있어. 시간의 원천, 그 시간의 처음이 샘솟으며 꾸었던 꿈이 흐르고 있어. 지금도, 앞으로도 영원히. 달덩이가 자기 꿈을 달빛으로 살살 풀어놓는 것처럼. 시간의 꿈은 온 세상이 공평해지는 거였어. 장대하고 아름답고 폭력적인 꿈. 모든 아름다운 것들을 무너뜨리며 모든 아픈 것들을 녹여 재우며 시간은 흐르자고 꿈꾸었어. 이 권력을 저지할 수 있는 자, 나와봐. 이 세계는 공평해야 된다는 꿈. 아무도 못 말려. 그런 꿈을 꾸었던 그때의 시간도 자신의 꿈을 돌이킬 수가 없어. 시간과 시간의 꿈은 마주 볼 수도 없어.

* 셰익스피어 「쏘네트 65」에서.

나는 짜장면 배달부가 아니다

　화가가 되고 싶었다. 대학 때는 국문과를 그만두고 미대에 가야 한다고 생각했다. 사년 내내 그 생각만 하다가 결국 못 갔다. 병아리를 키워 닭이 되자 그걸로 삼계탕을 끓였는데 못 먹겠다고 우는 사촌을 그리려고 했다. 내가 그리려는 그림은 늘 누군가가 이미 그렸다. 짜장면 배달부라는 그림. 바퀴에서 불꽃을 튀기며 오토바이가 달려가고 배달 소년의 머리카락이 바람에 나부끼자 짜장면 면발도 덩달아 불타면서 쫓아갔다. 나는 시 같은 걸 한편 써야 한다. 왜냐구? 짜장면 배달부 때문에. 우리는 뭔가를 기다린다. 우리는 서둘러야 하고 곧 가야 하기 때문에. 사촌은 몇년 전에 죽었다. 심장마비였다. 부르기도 전에 도착할 수는 없다. 전화 받고 달려가면 퉁퉁 불어버렸네, 이런 말들을 한다. 우리는 뭔가를 기다리지만 기다릴 수가 없다. 짜장면 배달부에 대해서는 결국 못 쓰게 될 것 같다. 부르기 전에 도착할 수도 없고, 부름을 받고 달려가면 이미 늦었다. 나는 서성일 수밖에 없다. 나는 짜장면 배달부가 아니다.

딸기는 왜 이렇게 향기로운 걸까

자기 종족을 멀리 퍼뜨리기 위해 그러겠지
맛보고 못 잊겠으면 또 뿌려 심어달라고
그래봤자 인간들이 다 먹어치우고 마는데
딸기는 사랑스러워 앞으로도 뒤로도
사랑스러워 딸기는 그런 식으로 교묘하게
이야기를 숨겨놓고 있는 거지
총총한 씨앗 속에 또다른 이야기를
그 이야기 속에 숨은 아주 다른 이야기를
다 하다보면 딸기는 사라지고 마는데
딸기가 맛있다고 하하 웃는
당신 속에 또다른 당신이 숨어 있다
당신 속에 숨은 독재자, 주정꾼, 야구에 정신 팔아버린,
고집불통, 대책 없이 꽥 소리치는 당신의 아들딸
당신 속에 당신들 종합선물세트처럼 가질 수가 없어
멀리서 바라본다
흰 셔츠에 단정히 타이를 맨 당신이라는 당신
'괜찮아'라는 말이 숨겨놓은 뿌리 깊은 암세포
그런 식의 말에 숨어 사는 변덕과 완고한 이념들

그런 식으로 숨겨놓은 '사랑해'라는 말의 기운은
감기 기운 같은 것인지도 모른다
뜨거운 국 한그릇이면 해결될
혹은 섹스 한번이면 해결될*
사랑한다는 말은
또다른 말을 숨겨야 겨우겨우 당신에게로 가니까
그러니까

* Jeffrey McDaniel 「The Benjamin Franklin of Monogamy」에서 빌
려 변주함.

동쪽 창에서 서쪽 창까지

여자는 빨래를 넌다
삶아 빨았지만 그다지 하얗지가 않다
이런 식으로 살기를 선택한 것은 바로 너야
햇빛이 동쪽 창에서 서쪽 창으로 옮겨가고 있다
여자는 서쪽으로 옮겨 널어야겠다고 생각한다
이런 식으로 살기를 선택한 것은 바로 너야
그러나 이런 식으로 살게 될 줄은 몰랐지
서쪽 창의 햇빛도 곧 빠져나갈 것이다
오래전에 잃어버린 봄이 있었다
어떤 시는 오래 공들여도 거기서 거기다
억울한 생각이 드는데 화를 낼 수도 없다
어쨌든 네가 입게 된 옷이야
벗어버릴 수는 없잖아 예의를 지켜
얼어붙었던 것들은 녹으면서
엉겨 매달렸던 것들을 놓아버린다
놓아버려야 하는 것들을 붙잡고
이렇게 될 수밖에 없었기 때문에
이렇게 된 거지

이따위 말을 하는 것이 무슨 소용인가
형이 다니는 피아노교습학원 차를
타고 싶어서 쫓아갔다가 동생이
피아니스트가 되었다는 얘기
그가 라디오에 나와 연주하고 있다
전에 살던 집에서는 멀리 산이 보였었는데
이 집은 창에 가득 잿빛 아파트뿐이다
전에는 아니었는데 지금은 이렇게 된 것
우연은 간곡한 필연인가
우연이 길에서 헤매는 중인데 필연이 터치를 했겠지
그래서 여기에 이르렀겠지
잃어버린 봄, 최초로 길을 잃고 울며 서 있었던 것은
여섯살 때인 것 같다
피아노의 한 음이 이전 음을 누르며 튀어오른다
우연과 필연이 서로 꼬리를 치며 꼬드기고 있다
문득 서쪽 창으로 맞은편 건물의 그림자가 들어선다
퇴근하는 지친 몸통처럼 어둡다

꿈땜

멋진 옷이 걸려 있어 그 옷을 입어보고 거울에 비춰보고 돌아보고 수선을 떠는 사이 꽃무늬 가죽신을 잃어버렸다. 신발이 없어졌네, 울상이 되어 있는데 어떤 이가 신발을 빌려주겠다고 한다. 신어보니 내 발에 꼭 맞았다. 그러나 남의 신을 신고 어떻게 가나 망설이다 벗어놓았는데 깨어보니 꿈이었고, 그 신을 신어보라고 권했던 이는 죽은 친구였다. 꿈에서 신을 잃어버린 것도, 잃어버린 구두의 꽃무늬가 그토록 아름다웠던 것도, 죽은 이의 신을 신고 좋아했던 것도 갑자기 무서운 생각이 들어 식구들에게 각별히 차 조심 하라고 했다.

땜쟁이. 구멍 난 양은냄비를 때워주는 사람을 전에는 그렇게 불렀다. 땜, 땜, 칼 갈아요, 소리치면서 저승사자처럼 지나갔었다. 커다란 등짐을 지고 바늘구멍을 뚫고 낙타가 거리를 횡단하듯이. 꿈의 텅 빈 구멍을 메우기 위해 이 세상의 현실이 몰려가는 것, 무슨 일이 일어나 꿈을 때워줄 것인가. 누군가 신발 잃어버리는 꿈을 꾸고 자기 남편이 죽었다고 하지 않았나, 어릴 때 들은 그 얘기. 그런데 오늘 몇

14

년간 강의 나가던 학교로부터 이젠 그만 나오라는 전화를 받았다. 이따위 일이 그 구멍을 메워줄 리는 없고.

　시아버지 장례식을 치를 때 문상객 중에 신발 잃어버린 사람이 셋이나 있었다. 조카애들이 열심히 신발을 정리했는데도 그랬다. 상주는 상갓집에서 신발을 잃어버린 불길한 마음을 달래줘야 한다고 그들에게 구두표를 보내주었다. 꿈속에서도 누군가 이 꿈 밖으로 그런 것을 보내준다면 당장 그 집으로 달려가 날개옷에 꽃무늬 그 구두를 다시 신고? 그럴 리는 없겠지. 그런데 낙타는 무슨 수로 꿈의 그 바늘구멍을 통과했을까.

거처

당신 거처가 어디야? 심장, 뇌, 목구멍? 구름 뚫고 햇빛 뻗쳐 내리는 곳? 아니라면 의외로 호젓한 곳을 좋아할지도 모른다. 혹시 비에 젖어 주저앉은 빈 상자, 누군가 도로변에 떨어뜨린 아이 신발 한짝? 당신은 그런 곳을 찾아 헤매 다니는지도 모른다.

돼지머리 놓고 절하는 사람 앞에서 그 절 받으려고 기다리고 있을 것 같지는 않다. 영혼이 그렇게 치사한 요구를 할까? 화려하게 차린 상 앞에서 거만하게 절이나 받고 싶어하는 그네들을 영혼이라 불러야 할까?

그러나 느닷없이 아파트 방충망에 날아 붙어 요란하게 울어대던 매미처럼 급하게 왔다 가고 싶을 때가 있기는 있을 것이다. 새벽 두시에 누군가 전화해서 여기 응급실인데 빨리 좀 와달라고 한다. 잠결에 누구냐고 어디냐고 물어도 대답도 없이 그냥 뚝 끊는다. 영혼은 대답을 않고 누군가의 실수처럼 잠깐 제 모습을 드러내려다 지워버린다.

그때 그쪽은 굉장히 예뻤어, 데모하다 끌려갔던 감옥에서 풀려난 직후였는데 그때 도서관 앞을 지나가더군, 노란 스카프를 나풀거리며 지나가는데 말도 못 붙이겠더라구.

이름도 모르던 이가 나타나 이런 말을 한다면? 바람 불어 나뭇잎들 하나하나 뒤집히는 날, 다섯살 아이를 잃고 애야, 아들아, 울며 다니다 문득 깨어보니 아이는 이미 성인이 되어 나가 살고 있다면? 왜 그랬는지 모르지만 영혼도 가끔은 장난을 치고 싶었을 것이다. 스카프 끝에서, 나뭇잎 뒤집히며 부서지는 모습으로 아무나 걸리는 대로 놀려대고 싶었을지도 모른다. 도로변에 버려진 아이 신발 한짝 같은 심정으로 거기 넘어져서 머뭇거렸다면 그곳이 그네들의 거처일지도 모른다.

닭의 씰루엣

손톱만큼 작은 잉크빛 풀꽃, 나의 본적지 시골 냇가에만 지천으로 피어나는 꽃인 줄 알았는데, 외국의 강변에도 달개비꽃이 피어 있었다. 고개를 길게 빼어 올리고 이슬에 젖어 있었다.

　—이 꽃을 한국에서는 칵스 대디라고 불러, 정말? 왜 그러는 거야? 흔들리는 옆모습을 한번 보라구, 닭 머리 모양이잖아, 뾰족한 부리와 머리 위 벼슬, 수탉 옆얼굴이지? 하, 아름다운 씰루엣이네, 한국어로 뭐라구? 닭의 애비, 달개비, 애비란 대디야.

나는 꽃 이름의 유래를 잘 알지도 못하면서 라파엘에게 그렇게 말해주었다. 익숙한 내 나라의 풀꽃이니 내 것처럼 큰소리쳐도 상관없을 것 같았다. 강물도 아침 공기도 쾌청한 푸른색이라 내 외국어도 내 나라 말처럼 바람을 타는 것 같았다.

그렇게 말해놓고 나서 나도 미심쩍었다. 왜 그런 이름이 붙게 됐을까, 수탉보다도 병아리 낯짝보다도 훨씬 작은 달 개비꽃이 어찌하여 닭의 애비가 된 것일까, 몸집도 얼굴도 생각도 마음도 나보다는 훨씬 크고 센 그이들이 우리의 아 버지였는데.

비속해진 애비들이 먼 나라에 와 흔들리며 서서히 사라 지고 있다. 저녁이면 깜박 기절했다가 다시 일어나 나갔던 이들. 자신도 모르게 점점 작아져서는 요양원에서 멍하니, 아침은 드셨어요? 오늘은 며칠이에요? 물으면 우물쭈물 대 답을 못한다. 시냇가 습기 많은 둔덕에서 갑자기 아버지들 이 손을 흔든다. 아침 강변의 안개 속에서 식물의 이름을 붙잡고 멀어지고 있었다.

한짝

장갑 한짝을 잃어버렸다. 용산역에서 돌아오는 기차표를 예매하느라 장갑을 벗었었다. 커피를 주문하느라 카드를 꺼냈었다. 개찰구로 나가기 전 십오분간 서성이다 기차에 올라 자리를 찾아 앉자마자 장갑이 한짝뿐이라는 걸 알았다. 기차가 막 달리기 시작한 때였다. 가방과 주머니를 뒤지는 동안 눈앞에서 간판들, 창문들, 지붕들, 헐벗은 가로수들이 달려 사라지고 있었다.

또 사면 돼, 무심해지려고 애썼다. 역 구내를 흘러다닐 커피 냄새, 오가는 사람들, 역사 밖에 신문지를 덮고 누워 있던 사람이 떠올랐다. 날씨가 차가웠다. 장갑은 친구가 선물로 준 것이다. 손목 끝에 밍크털 장식이 붙어 있었다. 밍크털이 아니라 펭귄털인지도 모른다. 손목 부분을 바닥으로 세워놓으면 뒤뚱거리다 쓰러졌다. 전날밤 TV에서 본 펭귄 같았다.

펭귄이라니, 쓸데없는 생각이다. 펭귄은 남극에 산다. 얼음 위에 서서 발등 위에 알을 올려놓고 하체의 체온으로 알을 덥힌다. 얼음 바다를 마주 바라보며 먹을 것을 구해 돌아올 짝을 기다린다. 멀리서 뒤뚱뒤뚱, 날개였던 팔을 흔들며 다가오는 짝을, 목구멍에서 먹이를 토해 부화한 새끼의 입속에 넣어줄 짝을 기다린다. 얼음 설원에 눈보라가 친다.

　장갑은 한짝뿐이라 누가 주웠다 해도 다시 버려질 것이다. 구석에서 더 구석으로 치워질 것이다. 장갑은 신경도 뇌도 없으니 추위를 느끼지 못한다. 쓰레기통에서 커피 찌꺼기, 쭈그러진 종이컵, 비닐봉지와 섞인다 해도 기분 같은 것은 없다. 차갑고 더러운 곳으로 휩쓸려간다 해도 그곳이 어디인지 자신이 무엇인지도 모른다.

　그러다가 어느날은 바다로 간 펭귄도 돌아오지 않는다. 잠깐 바닷물 위로 붉은 피가 피어올랐는데, 누구의 것인지 모른다. 바다사자들은 언제든 펭귄을 공격하니까. 부화하려던 새끼는 얼어버린 돌덩이가 되어 나뒹군다. 한짝은 얼음 바다를 계속 바라보고 서 있다. 한짝은 느낌도 생각도 대책도 없다. 또 사면 돼, 그 생각에만 매달렸다.

릴케의 팔꿈치*

 릴케의 약혼녀 헤드비히는 사랑스럽다. 젊고 솔직하며 지적이다. 더구나 뼈대있는 가문의 막내딸이다. 풍부한 정서를 내뿜는 그녀와 이야기하는 동안 릴케는 한번도 지루한 적이 없다. 발랄한 헤드비히와 데이트를 하고 귀가하던 어느날 밤은 지독하게 캄캄했다. 지붕 밑 다락방으로 올라가는 계단이 잘 보이지 않는다. 간신히 더듬어 올라가 방문을 열었는데 이상한 여자가 안에 있다. 더러운 냄새를 풍기며 이빨이 듬성 빠져 있는 못생긴 여자였다. 누구냐고 물었는데 여자는 대답 대신 쳐다만 본다. 방을 착각한 것 같다고 미안하다며 나오려 했으나 그 검은 눈에서 빠져나올 수가 없다. 릴케는 아니야, 이럴 수는 없어, 중얼거리며 그녀가 이끄는 대로 따라 움직인다. 아침에 깨어보니 그녀가 옆에 누워 있고 릴케는 혐오감에 들끓어 자기 방으로 달려나간다. 그는 분명 매혹적인 약혼녀 헤드비히를 사랑한다. 그녀 없는 미래란 생각할 수도 없다. 릴케는 침대에서 전전반측하다 팔꿈치로 벽을 치게 된다. 그 소리에 반응한 옆방의 여자가 릴케의 방문을 두드리고 다시 비몽사몽간에 그녀가 릴케의 팔을 베고 있고, 그런 식으로 여자와의 관계는 끊어지지 않는다. 난 널 혐오해, 네가 싫단 말이다, 꺼져버려, 외친다. 파혼 통보를 받은 릴케는 떠나버린 약혼녀를 찾으러 가나 허사, 돌아와보니 검은 눈의 여인이 그의 침대에 죽은 채 누워 있다. 이런 것을 읽고 있는 나, 벗어날 수 없는 컴컴한 계단, 방문의 손잡이, 늙어빠진 이빨들, 나를 끌고 다니는 것은 내 생각이 아니라 저 팔꿈치, 내 마음이 아니라 저 삐걱대는 계단과 딱딱한 벽, 더러운 발바닥, 검은 미로의 갱도. 수시로 컴컴한 안개가 몰려온다, 설탕물같이, 독액같이, 더러운 시같이 끈적끈적.

* 릴케의 산문「바느질하는 여자」를 읽다가.

그 시간표 위로

그 집에 살 때, 장롱 문 안쪽 거울 옆에 전철 시간표를 붙여두었었다. 그 시간표에 눈을 주고 적어도 몇분에 집을 뛰쳐나가야 그것을 잡아탈 수 있는지, 연신 시계를 보며 옷을 입고 로션을 발랐다. 전철은 십오분 간격으로, 주말에는 그보다 드물게 왔다가 갔다. 그 집을 떠나 몇번을 이사했는지 셀 수도 없다. 장롱 문 안쪽에 손바닥 반만 한 시간표를 그대로 붙여둔 채 이사를 다녔다. 장롱은 조금씩 부서지고 부서져서 어느 집으로 이사할 때 내다 버렸는지 기억나지 않는다. 오늘 아침, 밖에서 누가 경적을 울렸는데 문득 그 시간표가 떠올랐다. 코트 안주머니 깊숙이 뭔가를 넣어두었다가 몇 계절이 지나도록 잊어버리고 있었던 것처럼, 안주머니에 넣어두었던 그것이 무엇이었는지조차 모르겠다. 언젠가는 이 말을 하리라 생각했다. 어디서부터 어떻게 해야 할지는 모르지만 언젠가는 때가 올 것이라고. 시내에서 버스를 타고 한참을 달리다보면 갑자기 녹음이 짙어지는 곳이 나타난다. 처음 가보는 곳이지만, 그래 여기서 내리자 여기서 내려 살아가자, 그랬던 어떤 순간이 있었다. 그때처럼 갑자기 어떤 결심이 서는 순간, 그때에 하리라. 당신이 내

이야기를 들어줄 어떤 순간이 올지 어떨지 짐작할 수는 없지만, 꼭 한번은 말하고 싶었다. 그 시간표 위로 지나간 전철들을 도저히 다 셀 수는 없다. 이제 와서 그것들, 그 말들, 그런데 어느날은 그 이야기 꺼내지도 못하고 그냥 죽을 것만 같다. 그런데 난 왜 이러는 것일까, 얘기를 들어줄 사람은 들을 생각도 없는데.

가방은 필요 없었다

구름이 택시를 타고 간다
커다란 짐가방도 함께 싣고 간다
얼마 가지 않았는데 다 왔으니
내리라고 한다
그러고 보니
택시를 타고 있는 것은 나였다
구름은 내 가방을 빼앗고는
무조건 빨리 내리라고 한다
비 냄새가 좋다
삼나무 냄새가 시계탑 초침 소리와 섞여 있다
아직 다 온 게 아니야 항의를 하려는데
어느새 이 세상 말을 잊었다
난 아직 마취가 풀리지 않았단 말이야
소리치는데
구름은 뭐라고? 뭐라고?
잔뜩 찌푸린 형상으로 되묻는다
내 가방 내놔
난 아직 마취가 풀리지 않았단 말이야

소리치는데
비가 쏟아진다
구름이 나를 길 밖으로 던져버린다
가방은 필요 없을걸

망각의 풀밭에서

꿩을 먹어본 적이 없다. 그런데 이상하게도 꿩고기를 먹어본 것만 같다. 오늘은 푹푹 찌는 날이다. 밖에서 요란하게 잔디 깎는 소리가 들린다. 하필 오늘 같은 날 잔디를 깎는담, 너무 더워 창문을 닫을 수가 없는데 아파트 화단에서 풀 깎는 냄새가 7층까지 올라온다.

목적도 모르고 차를 타고 달렸던 날이 있었다. 갑자기 소나기가 억수로 쏟아졌다. 아무리 와이퍼를 빠르게 작동해도 앞이 보이지 않았다. 차창에 퍼붓는 비가 차 안을 아늑하게 했다. 그는 묵묵히 운전 중이었고 나는 길가에서 그 비를 맞고 서 있는 '자고새 농장'이라는 간판을 보고 있었다. 그때 붉은 흙길 위로 튀어오르던 비 냄새가 왜 코끝에 생생한지 모르겠다.

이 냄새는 짓뭉개진 풀에서 나는 초록의 피 냄새다. 꿩고기를 먹어본 적은 없다. 자고새, 자고새, 자고새는 꿩이 아니다. 자고새가 화살에 꿰인 채 피 흘리는 그림을 본 적이 있다. 그것이 꿩과 무슨 상관이란 말인가. 언젠가 어느 식당에선가 꿩을 넣었다는 꿩만두를 팔고 있었다. 꿩만두 속에 푸릇푸릇했던 그것, 무슨 목적으로 돋아났던 풀이었을까. 망각의 나라에서 그 초록 풀들 일제히 돋아나는 날 있을 것이다.

기차역에서도 무조건 기다리기만 하면 기차는 온다. 그 푸릇한 기억 기다릴 테니 달려와 일렬로 서보라. 꿩고기를 먹어본 적은 없다. 아니다. 나 꿩 먹어본 적 있나? 다시 꿩 궈 먹은 소식에게 물어봐야겠다.

쥐들도 할 말은 있다

시골에 사는 친구가 전화해서 다이아몬드 반지를 잃어버렸다고 한다. 어떻게 된 거야? 또 도둑이 들었어? 아니, 도둑이 들어와도 찾지 못하도록 잘 둔다고 두었는데 없어졌어, 어디에 두었는데? 처음엔 장롱 서랍에 두었는데 거기는 도둑의 안주머니나 마찬가지라고 해서 신문지에 싸서 냉동실에 넣어두었어, 거기라면 도둑도 찾아내지 못할걸, 그런데 나도 모르게 음식물에 휩쓸려 버려질까봐 걱정이 돼서, 어떻게 한 거야? 비닐에 싸서 된장 속에 박아두었었고, 냄새가 배면 어쩌려고? 그럴까봐 옮겨두었다고, 어디에? 화분에, 그랬다가 다시 아무도 상상할 수 없는 곳으로 옮겼어, 천장 한쪽 구석을 뚫어 그곳에 올려놓고는 벽지로 감쪽같이 발라놓았다구, 그런데 도둑이 그걸 알아냈단 말이야? 모르겠어, 하여간 그 자리에서 사라졌다구, 잘 생각해봐, 어디에 둔 거야? 그래서 장롱 서랍과 냉동실과 된장 항아리와 화분 속을 차례대로 다시 찾아보았어, 그런데 없어? 분명히 천장 오른쪽 귀퉁이였는데, 착각일 수도 있으니 천장을 다 뜯어봐, 다음 주에는 이사를 가야 하는데 어떡해, 반지만 있었어? 아니 팔찌, 목걸이, 선물 받은 애들 돌반지들을 헝겊 주머니에 싸서 꽁꽁 뭉쳐두었단 말이야.

시골집 천장 위에 사는 쥐들도 전등 바로 위 천장 한가운데가 가장 따뜻하다는 것쯤은 본능적으로 안다. 그래서 헝겊 주머니를 물어다 갈기갈기 찢어 보금자리를 만들고 천장 한가운데로 전해오는 온기를 누리며 새끼를 낳은 것인데, 함께 끌려온 금반지, 다이아몬드, 사파이어 따위의 돌멩이들은 어찌나 차갑고 딱딱하고 덜그럭거리던지 정말 귀찮았다.

존재의 서글픈*

최승자를 위하여

이걸 뭐라고 번역해야 좋을까
You are living for nothing

당신은 뭔가를 위해 사는 게 아니네
당신은 헛것을 위해 사네
의미없이 하루하루를 지내는 당신,
그러니까 우리는 아무것도 아닌 것을 위해 사네

어쨌든
당신은 사막 깊은 곳에 작은 집을 짓는다고 들었네
제인은 당신의 머리칼 한줌을 가지고 돌아왔네
모든 것을 정리하기로 한 그날밤에
*당신이 주었다고 하더군***

정말 모든 게 정리될 수 있는 것인지?
존재의 서글픔은 어느 틈으로든 새어나오네
밤새도록
수도꼭지에서 물방울 떨어져 내리듯이

가지 말라고 조심하라고 말했지만
소용없었네 말릴 수가 없었네

사막의 집, 무덤 속 같은 그곳
촛불을 켜둔다 해도 몇시간 못 버티겠지
작고 깊고 어둡겠지

이곳은 비가 내리고 노래가 슬프고
아무도 다시는 돌아오지 않았다네
대낮에 적막이 오한처럼 파고들고
느닷없이 보이스피싱 전화가 걸려온다네

아이를 납치했다
오천만원을 당장 입금하지 않으면
장기를 적출해서 팔아버리겠다!
그러면
누가 감히 버틸 수가 있겠는가

제발 내 아이를 살려주세요
마이너스 통장을 쓰고 있지만
시키는 대로 하겠어요

이렇게 낡이게 되는 거지
안개처럼 우울이 기어들고
제인이 가져온 한줌 머리카락처럼
그 노래 「Famous Blue Raincoat」처럼

우리는 어리석고, 결국은 낡이게 되어 있지
가버린 자의 머리카락 한줌
사막의 모래 한삽
다 알고 있는 얘기지만
상투적인, 허무한 갈고리에
걸려들고 말지

사막 저편에 납치된 것은 어쩌면 우리 모두지
정거장에 서서 모든 기차를 기다렸다던 당신

그것은 당신이 아니라 사실은,
사실은 모르고 있는 우리 모두겠지

* 최승자 「most famous blue raincoat」에서.
** Leonard Cohen의 노래 「Famous Blue Raincoat」에서.

회생

한달에 두건 가지고는 유지가 안돼요. 여덟건 이상은 해야 돼요. 여름에는 노인들이 잘 안 죽어요. 이 업종에도 성수기가 있다니까요. 요즘엔 일을 통 못했어요. 한때 우리가 바가지를 씌우고 불친절하다고 소문이 났었지만 그래도 지난겨울엔 여섯건은 했거든요. 요즘은 친절하려고 애쓰는데도 회복이 잘 안되네요. 땅 사고 건물 짓느라 은행 빚을 많이 얻었어요. 장사가 잘돼야 이자도 내고 원금도 갚아나가지요. 이 김포시 인구가 이십사만인데 보시다시피 막 신도시가 들어서고 있잖아요. 머지않아 오십만은 될 것이고 그중 노인 인구가 점점 늘어나 이제 20프로는 노인이거든요. 그중 5프로만 죽는다 해도, 그리고 대부분 큰 병원 영안실에서 장례식을 하고 나머지 10프로만 우리 장례식장에서 처리한다 해도 틀림없이 우린 회생할 수 있어요. 겨울까지만 좀 기다려주세요. 노인들이 여름에는 잘 안 죽어요. 비수기라니까요.

제2부

개천은 용의 홈타운

용은 날개가 없지만 난다. 개천은 용의 홈타운이고, 개천이 용에게 무슨 짓을 하는지는 모르지만 날개도 없이 날게 하는 힘은 개천에 있다. 개천은 뿌리치고 가버린 용이 섭섭하다? 사무치게 그립다? 에이, 개천은 아무 생각이 없어, 개천은 그냥 그 자리에서 뒤척이고 있을 뿐이야.

갑자기 벌컥 화를 내는 사람이 있다. 용은 벌컥 화를 낼 자격이 있다는 듯 입에서 불을 뿜는다. 역린을 건드리지 마, 이런 말도 있다. 그러나 범상한 우리 같은 자들이야 용의 어디쯤에 거꾸로 난 비늘이 박혀 있는지 도대체 알 수가 있나.

신촌에 있는 장례식장 가려고 버스를 기다리고 있다. 햇빛 너무 강렬해 싫다. 버스 한대 놓치고, 그다음 버스 안 온다, 안 오네, 안 오네…… 세상이 날 홀대해도 용서하고 공평무사한 맘으로 대하자, 내가 왜 이런 생각을? 문득 제 말에 울컥, 자기연민? 세상이 언제 너를 홀대했니? 그냥 네 길을 가, 세상은 원래 공정하지도 무사하지도 않아, 뭔가를 바라지 마, 개떡에 개떡을 얹어주더라도 개떡은 원래 개떡끼리 끈적여야 하니까 넘겨버려, 그래? 그것 때문이었어? 다행히 썬글라스가 울컥을 가려준다 히히.

참새, 쥐, 모기, 벼룩 이런 것들은 4대 해악이라고 다 없애야 한다고 그들은 믿었단다. 그래서 참새를 몽땅 잡아들이기로 했다지? 수억마리의 참새를 잡아 좋아하고 잔치했더니, 다음 해 온 세상의 해충이 창궐하여 다시 그들의 세상이 되었다고 하지 않니, 그냥 그 자리에서 뒤척이고 있어, 영원히 오지 않는 버스를 기다린다 해도 넌 벌컥 화를 낼 자격은 없어. 그래도 개천은 용의 홈타운, 그건 그래도 괜찮은 꿈 아니었니?

코를 골다

코를 골았다고 한다. 내가 코를 골아 시끄러워 잠을 못 잤다고 한다. 그럴 리 없다. 허술해진 푸대자루가 되어 시끄럽게 구는 그자가 바로 나라니, 용서할 수가 없다. 도대체 몸을 여기 놓고 어느 느티나무 그늘을 거닐었단 말인가. 십년을 키우던 고양이 코기토도 코를 골았었다. 그 녀석 죽던 날, 걷지도 못하면서 간신히 간신히 자기 몸을 제집 문 앞까지 끌고 가 이마 반쪽만을 문턱에 들여놓은 채 죽어 있었다. 아직도 녀석은 멀고 먼 자기 집을 향해 가고 있을 것이다. 끌고 가기 너무 고단해 몸을 버리고 가는 자들, 한심하다. 어떤 때는 한밤중에 내 숨소리에 놀라 깨는 적이 있다. 내 정신이 다른 육체와 손잡고 가다가 문득 손 놓아버리는 거기. 너무나 낯설어 여기가 어디냐고 묻고 싶은데 물어볼 사람이 없다.

이 길 밖에서

만약 너의 엄마가 어깨에는 링거 줄이, 코에는 음식물을 밀어넣는 플라스틱 줄이, 하체에는 소변 줄이 매달려 있다면, 소리 없이 액체가 흘러내리면서 내부가 외부로 흘러 해체가 진행 중이라면, 무슨 진지한 사건이나 물건을 대하듯 간호사와 의사가 근엄하게 오가고, 소독복으로 갈아입은 네가 침대 곁으로 가서 망각으로 가는 길을 좀 늦춰보려고 이렇게 말을 하게 된다면, 엄마 내가 왔어, 나를 알아볼 수 있어? 알면 눈까풀을 깜박여봐, 고개를 끄덕여봐, 반응 없는 대상을 향하여 옛날얘기를 들려주듯 평범한 사람이 평범한 마을에 살았어요, 평범한 가족과 평범하게 살던 평범한 사람의 육체가 여기 누워 있어요,라는 식으로 너는 너의 엄마를 오브제로 볼 수 있겠니, 객관화할 수 있느냔 말이야.

지난주에 막 떨어지려고 하던 잎들은 다 떨어지고, 엉켜서 엎어져 있고, 바람에 날리던 것들이 흙 속으로 기어들어가 각각의 원소로 바뀌려 하고, 사실이 비사실로 변해가는 잠깐 사이, 눈으로는 창밖 나무들의 나라를 헤매고, 이것은 상상한 세계인지도 몰라, 상상이 눈앞에 비현실처럼 펼쳐지는 거야, 생각을 잠깐 펼쳤다 가는 것처럼 이 계절은 텅비었다가 다시 가득 채워질 거야.

누워 있는 식물인간들, 우리도 그럴 가능성이 있지, 그런데 그게 바로 너 자신이라면? 네 핏줄이라면? 엄마가 살던 집을 팔아 없애야 하고, 살림살이, 옷가지, 고물상이 와서 무게로 달아가게 내버려두고, 버리는 데 돈이 더 드네, 한심해서 너도 몇가지 주워들겠지, 식물 된 사람이 입었던 코트, 스카프, 자줏빛에 초록 안감을 댄 두루마기, 식기 몇개, 다들 집이 좁은데 김치냉장고는 누구네 집으로 치워야 하나, 아픈 몸으로 된장은 왜 담가서 항아리마다 채워놓고, 오래된 맷돌, 이건 장식용 골동품인데 아깝지만, 쓰다 만 양념들, 참기름, 들기름은 오래돼서 버리고, 코트와 두루마기는 수선하면 입게 될까.

그것이 누구의 이야기든, 쎈티멘털하게 흘러가겠지, 쎈티멘털 저니, 이 길 밖으로 벗어날 수 있을까, 벌떡 일어나 나간다 하더라도, 갈 데도 없고 갈 길도 모르겠고, 그런데 내가 어디 있는지는 몰라도 내 삶은 빤히 알고 있겠지, 지금 내가 어디쯤 와 있는지, 빤히 바라보겠지, 이 길 밖에서 올빼미 눈 같은 것을 번득이면서.

입구

윤을 보고 흠칫 놀란 적이 있다. 윤을 김인 줄 알고 하마 터면 이름을 부를 뻔한 적도 있었다. 윤을 보고 김이라고 착각하지 않으려고 일부러 피했다. 왜 닮지도 않았는데 닮 았다고 생각했을까, 왜 김에 대한 생각을 윤에게 덮어씌우 려고 한 것일까. 그러다가도 어떤 때는 윤이 김과 너무나 다를까봐 그것이 두려워 말을 건네려다 포기하기도 했다. 왜 윤에게 김에 대한 생각을 전하려 하고 김에게는 꺼내지 도 못했던 말을 윤에게 하고 싶었던 것일까.

코끼리떼가 지상의 끝으로 걸어가고 있었다. 눈을 감으 면 코끼리가 걸어가는 게 더욱 뚜렷하게 보였다. 코끼리가 지상의 끝으로 걸어가는 것처럼 생각도 그렇게 몰려가고 있었다. 왜 비슷하지도 않은데 비슷하다고 생각하고 그쪽 을 향해 가는 것일까, 아니 그쪽을 향해 갈까봐 두려워 오 히려 반대 방향을 향해 가는 것일까. 끝도 없이 코끼리들 은 땅의 끝까지 가서 바다를 보고 또 더 끝까지 가서는 낭 떠러지를 만나게 되어 있었다. 지구는 공처럼 둥근 게 아니 라 낭떠러지 위에 떠 있는 원반이라고 생각했던 고대의 그 시간, 그 지상의 끝 낭떠러지를 향해 걸어가는 중이었다. 그 끝으로 가면 코끼리 뼈가 수북이 쌓여 있는 곳, 그곳이 그쪽 세상의 입구라고 들었다. 저쪽 세상의 김이 이쪽 세상의 윤일 것이라는 생각, 그쪽 세상의 입구쯤에 서 있어야 할 사람이 바로 이쪽 세상의 저곳에 대신 서 있는 것은 아닐까 하는 생각. 어제는 지하 주차장에서 입구를 찾지 못해 헤매다 출구로 들어가 정면충돌할 뻔했다. 경비가 와서 요란하게 호루라기를 불었고, 문득 정신을 차리고 보니 입구는 거기가 아니었다.

너의 여행기를 왜 내가 쓰나

너는 에어로플로트를 타고 간다. 이 땅을 박차고 날아올라 단번에 구름을 뚫는다. 나는 멍하니 쳐다본다. 안 보이는 너를, 보이지 않다가 보이지 않다가 마침내 보일 때까지. 에어로플로트, 공중에 떠다니는 그 말 중얼거리다 사라진 다음에야 뚜렷해지는 것을 본다. 그러다가 에어로플로트가 연착됐다는 너의 소식을 듣기도 한다.

──기다리고 기다리고 몇시간을 기다렸는데 아무런 말이 없어. 이 공항에선 먹을 것을 안 주네. 물도 안 줘, 물론 돈도 안 주고. 그들이 내 여권을 뺏더니 어떤 버스에 실었어, 그리고 어딘가로 태우고 가는데 어딘지도 모르겠어. 창밖에는 눈이 와, 눈이 쌓이고 쌓여. 아무도 이곳이 어딘지를 몰라. 마침내 어떤 낡은 호스텔에 도착했는데 더러운 담요, 얼어붙은 수도꼭지, 여기저기 벌레가 기어다니고. 누구든 다시는 에어로플로트를 타지 마. 특별히 에어로플로트가 내게 해준 것은 그냥 나를 향해 소리를 지른 것뿐이야. 내가 무슨 잘못을 했다구, 아무런 설명도 안한 채로, 나를 묶어놓고 벌써 며칠째 끌고 다니는 건지 모르겠어.

나는 왜 이렇게 쓰는 걸까. 거미줄에 걸려 허우적거리는 나방처럼 너를 그리며, 너의 여행기를 왜 내가 쓰고 있나. 너의 여행기를 쓰며 읽으며 나도 어쨌든 이곳을 떠나야 하는데 왜 이러는 것일까. 내가 무슨 효녀 심청이라고 샤워꼭지에 얼굴을 대고 흐느끼나. 화장실도 못 가면서 밤새도록 연설을 하는 부친과 먹지도 못하면서 끊임없이 닭죽을 달라며 틀니를 닦는 모친을 위해, 안되겠다 더이상 아무도 어찌해볼 수가 없어, 요양원을 알아보러 다녔다. 무지개요양원, 효림요양원, 엘림요양원, 그들은 깎아지른 절벽의 혈거처럼 무리 지어 있었다. 변두리 구멍가게처럼 난립해 있었다. 과일가게에는 아직 먹어보지 못한 과일들이 쌓여 있고, 중국식당의 창구멍에서는 빠르게도 팬이 돌아가며 짜장면 냄새를 풍기고, 내가 무슨 심청이라고 내일이면 요양원으로 가는 부친을 위해 샤워꼭지에 내 얼굴을 대놓고 흘러내리게 하나.

　너는 상점 문 앞에서 끌어안고 키스하는 젊은것들을 본다. 너는 파파야, 비파, 프룬, 망고, 침묵하는 열매들을 향해 말을 걸어본다. 아프리카에서 온 삐땅가, 칠레에서 온 구아바. 에어로플로트를 타고 무리 지어 간 너희들, 너희는 가슴

이 뛰니, 너희는 그곳에서 무엇을 했니? 대답이 없다. 너는
침묵하는 그들을 향해 항의를 하는데, 주최 측에서는 아무
런 대책도 설명도 없다.

우주로 가버리는 단어들

외국어로 말할 때는 이상한 일이 생긴다. 내 생각을 말하는 게 아니라 먼저 떠오른 단어를 좇아 말하게 된다. 그러니까 쉽게 튀어나온 단어를 따라 내가 끌려다니는 꼴이다. 퓰리처상 수상 시인이라고 한 지방자치단체에서 초청한 트레이시가 왔을 때도 그랬다. 트레이시가 한국 음식 중에 낙지볶음을 좋아한다고 말했을 때 나는 「우주는 하우스 파티다」라는 너의 시를 좋아한다,라고 말할 생각이었다. 그런데 단어들이 어디론가 달아나버리고 내 입에선 낙지 살인이라는 말이 먼저 튀어나와버렸다.

한국에서는 낙지가 살인을 한다는 말이야? 얼마 전에 한 남자와 한 여자가 모텔에 투숙해 소주를 마시며 산낙지를 먹었어. 그들 사이에 어떤 일이 있었는지는 나도 몰라. 여자는 질식사한 시체로 발견되었는데, 남자는 그 여자가 산낙지를 삼키다 질식해서 죽었다는 주장을 해. 그래서?

트레이시는 눈을 동그랗게 뜨고 물었다. 아마 재판 중일 거야,라고 말했어야 하는데 재판이라는 단어가 떠오르지 않아 대신 호텔에 있을 거야,라고 말해버렸다. 대화는 멈춰버렸다. 주최 측에서는 내게 트레이시를 동대문시장에 데려가 쇼핑을 돕고 숙소까지 데려다주라고 했는데 트레이시는 갑자기 피곤해졌으니 호텔로 가고 싶다고 했다.

숙소로 가는 길에 택시 운전사에게 주소를 내밀었으나 택시는 주변을 세바퀴나 돌다 겨우 주소지의 건물을 찾아냈다. 트레이시의 안내를 맡았던 이에게 전해 들은 얘기는 입구에서 카운터와 연락한 다음에 들어가라는 말이었는데 그게 좀 성가실 것 같아서 택시에서 내리자 마침 한 부인이 휘황한 불빛 속으로 들어가기에 뒤따라 뛰어들어갔다. 엘리베이터를 타고 4층을 누르려 하니 이상하게 숫자 4가 보이지 않았다. 3층 다음에 5층이었다. 그 여우 목도리의 부인에게 물었다

왜 4층이 없지요? 여긴 4층이 없어요. 호텔이 아니라 아파트고요.

24층까지 올라갔다가 내려와 여러번 코너를 돌고 돌아 드디어 옆 건물의 입구를 찾았다. 벨을 눌러 카운터와 통화하니 문을 열어주었다. 그 건물엔 4층 대신 F층이 있었다. 420호가 카운터였고 거기서 열쇠를 받아 423호로 데려다주었다. 트레이시가 휴 한숨을 쉬며 내게 물었다.

한국에는 왜 4층이 없니? 한국에서는 4자에서 죽음을 연상해. 그럼 나 오늘밤 4층에서 사라질 수도 있어? 미신일 뿐이야, 무시해. 트레이시가 겁먹은 표정으로 네가 데려다주지 않았더라면 이 미로에서 밤새도록 목이 졸렸을 거야. 4자는 '죽을 사'지만 사라지진 않을 거야. 그리고 굿 나잇이다.

"우주가 팽창하고 있다. 저걸 봐라 엽서 그리고 팬티, 가장자리에 립스틱이 묻은 병들"로 시작하는 트레이시의 시가 좋다는 말을 나는 결국 하지 못했다.

심정의 복사본

불이 꺼져도 연기는 머뭇거리듯
감정이 끝나지 못하고 머뭇거린다
흔들리는 것은 흔들리지 않는 것에게
붙잡혀 흔들린다

나무등치에 붙잡혀서 반짝이는 것들이
호수에서 튀어오르는 빛줄기가
나의 항로를 반짝이며 따라온다

거기 있는 것들은 거기 있어야만 하는 것들
굳이 끌어당겨 내 것인 양 생각하는
이 심정의 끈적거림이 문제

붙잡혀서 흔들리는 나뭇잎들
그것들이 내 생각의 벌떼라고? 아니다
나뭇잎은 그냥 나뭇잎일 뿐
심정의 복사본인 나뭇잎일 뿐

벚꽃 왕창 피었다 떨어지고
수없이 왔다 가는 4월
빛 갚고 갚는다 생각했는데
도저히 헤어날 수 없는 4월

여행

　친구는 계속 가기를 원했다. 난 지쳤어. 가자, 상하이에서는 그걸 꼭 봐야 한대. 그래도 난 싫어, 다리가 아프단 말이야. 그래도 가자 택시 타면 돼, 택시비는 내가 낼게. 그래서 우리는 결국 갔다. 내 생각에 즐거운 여행이란 게 이런 건 아니었으나*, 친구가 나를 설득하도록 내버려두었다. 그는 설득력이 있었고, 나는 그를 좋은 친구라고 생각하고 있었고, 9월의 마지막 밤인데 비가 내리고 있었고, 비가 내릴 수밖에 더 있겠어? 이런 밤, 내릴 수밖에 없으니 내려야지, 그래서 친구 따라 상하이를 갔다. 써커스를 보러 갔다.

　쇠창살로 된 둥근 공의 내면을 써커스단의 오토바이가 달린다. 처음엔 한사람의 오토바이가, 다음엔 두사람의 오토바이가 공 안쪽의 벽을 달린다. 어느새 네대가, 다섯대가 줄줄이 들어서더니, 여덟대의 오토바이가 달린다. 아홉대까지 달린 적이 있었는데, 충돌 사고가 나서 여럿이 죽었다고 한다. 마음을 조아릴수록 그들은 더욱 속도를 낸다. 쇠창살 밖으로 뛰쳐나가려는 원심력이 모두를 돌아버리게 한다. 쇠창살 공 안에서 충돌하기를 바라지는 않지만 충돌하기를 기다리기도 한다. 자신도 모르게 손에 땀을 쥐면서 고대한다. 그들은 사실 이미 죽은 사람들이다. 죽었던 사람들이 다시 또 죽지는 않을 테니까. 둥근 공처럼 지구를 달리면서 죽은 사람과 죽을 사람들을 구경하는 것, 여행이란 게 이런 것은 아니었으나.

* James Tate 「Things Change」에서.

검은 눈구멍

　아줌마, 시간 끌지 말고 타협하시지. 에이 씨, 바빠 죽겠
는데, 아줌마, 각자 자기 차 자기가 고치도록 하자구요. 아
저씨 트럭은 멀쩡하고 내 차는 박살이 났는데? 이봐요, 내
차는 뒷부분이고 아줌마 차는 앞대가리잖아, 앞이 깨진 쪽
과실이라는 것쯤은 알고 있어야지. 난 시간이 돈인 사람이
야, 이리로 전화하쇼. 트럭은 명함을 내밀고는 시동을 걸면
서 침 뱉듯이, 운전도 못하는 여편네들이 길거리에 몰려 나
와 걸리적거리네 한다. 내 차는 왼쪽 눈알이 빠진 검은 애
꾸눈을 하고는, 비상등을 켜고 기흥 톨게이트에서 삼성전
자까지 롯데마트에서 오가피순대까지 카센터를 찾아 헤매
면서,

　내가 겨우 한 말이라는 게 아저씨, 목소리 크면 다예요?
목소리만 크면 다예요? 겨우 그 말뿐이었다는 게 한심했다.
이 모든 게 어젯밤 그 목 없는 애기 꿈 때문이야, 이 모든 게
아침에 남자가 벌컥 화를 낸 탓이야, 강사료 적게 주려고
시험 볼 거냐 강의할 거냐 묻던 그 거만한 교학과 직원 때
문이야, 기말고사 답안지 끝에 왜 작품 첨삭 대신 시만 읽

히느냐고 번역본도 안 주고 시험에 냈느냐고 갈겨쓴 그 자칭 예비 작가 때문이야.

결국 보험사 직원이 오고 경찰서로 가서 진술서를 썼다. 2014년 6월 15일 오전 10시경 본인의 차 서울 54로 8998은 기흥 톨게이트 오른쪽으로부터 세번째 출구에서 요금 계산을 마치고 나와 우회할 예정이었습니다. 이때 본 차량의 우측 출구로부터 본 차를 앞질러 차량 한대가 움직이고 있었고 본인은 그 차가 빠져나간 다음 출발하려고 기다리고 있었습니다. 이때 본인의 차는 삼각형의 구도 속에 갇혀 있어서 거의 움직일 수가 없는 상황이었습니다. 이 순간 사고 차량 트럭 경기 88바 1339가 본인의 차 좌측에서 우측으로 우회하면서 본인 차량의 가로 부분과 동일한 방향으로 본인 차의 앞부분을 밀고 나갔습니다. 본 차량은 좌측 라이트가 우측으로 밀려가 콘덴서까지 파고들면서 박살이 났고……
결국은 수리비로 한 학기를 고스란히 검은 눈구멍에 처넣었는데도 허공중에서 쉬지 않고 껌뻑거리는 해골 같은 검은 눈구멍들, 눈구멍 속에 깊은 구렁텅이들.

생각의 피

　호러 영화를 만드는 사람들은 도대체 왜 그러는 것일까. 총, 칼, 토막살인 그리고 저 피. 난 잘못도 없는데 그들에게 고문당한다. 피의 장면이 나오면 손으로 눈을 가린다. 그러다가도 다음 상황이 궁금해 손가락 사이로 흘끔 쳐다본다. 아직도 피가 흥건하다. 그런 장면은 잊히지 않고 꿈에도 나온다. 한번은 영화처럼 전쟁이 나 폭탄이 떨어지고 있었다. 파편에 맞았는지 총알에 맞았는지 난 쓰러졌고 축축하게 옆구리에서 피를 흘리고 있었다. 내가 쓰러진 곳은 철길 가였다. 기차가 달려오는 소리, 쓰러진 채로 달려오는 기차를 피해야 한다고 생각했다. 그러나 몸을 움직일 수가 없었다. 뭔가 묵직하게 몸통 위를 지나갔고 난 그 자리에서 죽었다. 그런데 이상하게도 죽은 내가 생각을 할 수 있었다. 이게 가능한 일인가, 죽어서도 생각을 흘려보내는 것이. 흘러가는 것은 분명 내 피였고 동시에 내 생각이었다. 흐르는 피와 함께 철길 가의 자갈 틈 속으로 스며들고 있었다. 철로 변 키 큰 풀들이 너울거리며 내 생각을 엿보고 있었다. 난 죽었다. 죽은 몸이 너울거리는 풀들과 섞이고 있었다. 생각이 점점 희미해지고 있었다. 오래전에 일어난 전쟁이 피가 흐르는 동안 반복 재생되고 있었다. 이 피가 굳어질 때까지 계속 계속 계속 나는 죽어가고 있었다. 아무 말도 통하지 않았다, 손가락에 묻은 피.

빗방울 화석의 시대로

비가 억수로 쏟아지는데 그는 목발을 짚고 왔다. 그녀를 만나러 왔다. 한 손으론 목발을 다른 손엔 우산을 쥐고 온 그에게, 아니 이렇게 비가 쏟아지는데 그 꼴을 하고 여기가 어딘 줄 알고 왔어, 도대체 왜 왔어? 말하자면 이건 그를 향한 첫 수사학이었고, 또 꽃다발 같은 걸 가져오기만 해봐, 쓰레기통에 던져버릴 테니, 이건 그에게 기댄 감정의 아토피로서의 첫 신경질이었고, 처음부터 다시 말하라면? 처음으로 다시 방백 같은 걸 하라고 한다면?

빗방울만 살던 시대가 있었어. 뻘에 바다에 흙바닥에 아직 아무도 이 지구에 도착하지 않아서 심심해서 빗방울 떨어지기만 하던 때에, 모여 빗방울이 되고 흩어져도 빗방울이 되면서 서로가 빗방울인 줄 모르던 시대가 있었어. 아무도 쓰지 않은 빗방울 책에 아메바도 짚신벌레도 해파리도 아직 안 오고 히드라도 대장균도 지렁이도 새우 눈알도 오려면 한참을 더 썼고 자고 썼고 자고 썼고 자고 그럴 수밖에 없었던 시대가 있었어. 빗방울 발꿈치 내려놓고 처음이라서 빗방울 발꿈치만 찍어놓고 빗방울 화석으로 기록되기

전에 그때로 가서 당신도 나도 세포분열 이전으로 가 다시
말하라고 한다면? 음 음 음 음음 음음음 이렇게 시작하게
되겠지.

Spirit Museum

낯선 건물 앞에 '영혼 박물관'이라고 쓰여 있었다. 입장료를 내려고 노인들이 줄 서서 기다리고 있었다. 안내원이 알아들을 수 없는 이상한 말을 하면서 그들을 끌고 거기로 들어가는 중이었다. 설명서는 없나요, 물었으나 못 알아듣는 것 같았다. 도대체 어떻게 영혼을 전시한단 말인가? 궁금하여 들어가고 싶었으나 입장료가 좀 비쌌다. 더구나 줄 서 있는 사람들은 작은 병 안의 액체를 흡입하기 위해 할증 요금을 내려고 또다시 줄을 서고 있었다. 다행히 관광안내 센터에 가서 쿠폰을 구입해오면 50프로를 할인해준다는 것이다. 날도 저물고 시간도 촉박하여 할인권을 사서 내일 다시 오기로 했다.

한낮인데도 이 도시는 어둑했다. 노인들이 전철에서 졸고 있었다. 잿빛 모자를 쓴 노인, 검은 외투에 빨간 스타킹, 빨간 목도리를 한 여자, 떨어지는 구름 같은 표정으로 앉아 영혼을 긁고 있었다. 이 지하철 전체가 영혼 박물관 가려는 사람들로 채워진 것 같았다. 영혼 박물관에 있는 것들을 상상해보려 했으나 도대체 상상할 수가 없었다.

첫 방에는 앱솔루트 보드카의 광고, 앤디 워홀의 작품

이라고 했다. 진흙밭을 그린 것 같은 추상화 몇점. 그다음 방에는 작은 병의 액체들, 신비로운 냄새가 나는 것도 같았다. 술잔과 술병들, 바의 의자들, 영화 「One Summer of Happiness」의 장면, 야외에서 나체로 누운 어느 여배우의 젖꼭지, 몽환 속에서 속삭이는 사랑의 말들, 좁은 침상에 누워 빙글 돌아가는 천장을 향해 중얼거리는 술꾼 체험 장치가 있었다. 뭔가 이상했다, 이 영혼들. 몇개의 어두운 방을 나체로 뛰어다니며 털 마이크를 들고 마주치는 사람마다 인터뷰를 하는 남자가 있었다. 그가 내게 다가올까봐 도망쳐 간신히 그곳을 빠져나와 친구에게 전화했다. 영혼 박물관이라는 곳에 갔었다고. 친구는 깔깔 웃으며 이 나라에서 sprit이란 알코올을 의미하며 영혼이라는 뜻 따위는 없다고. 그러고 보니 sprit이라고 sp 다음에 철자 i가 빠져 있었다. 술 취해 달아나버린 것 같았다. 그런데 본 것도 같다. 술 취해 귀가했을 때 현관에 벗어놓은 아내의 구두를 보면서 머뭇거리고 있는 한 영혼을.

이수역 7번 출구

폐기물이 된 인공위성이 지구를 향해 떨어지고 있었다. 어디에 떨어질지 모른다. 아메리카, 유럽, 아시아 어디쯤인지. 한국은 작은 나라라서 그 확률이 적다고 한다. 휴, 다행이다. 그러나 버스만 한 크기라고 했다. 버스만 한 쇳덩이가 공중에서 달려오고 있다.

몇분 전에는 새해 복 많이 받으세요라는 문자를 받았다. 이상하다, 지금은 9월이고 오늘은 28일인데, 너무나 바빠서 새해가 된 것도 모르고 있었단 말인가. 그러고 보니 늘어선 가게들이 문을 닫고, 떠도는 공기가 냉랭하고, 사람들의 발걸음이 몹시도 빨라졌다. 어느새 해가 바뀌었단 말인가. 내가 뭔가 착각하고 있는 것 같다. 지나가는 사람에게 물어보았다. 오늘이 며칠인가요? 그는 나를 아래위로 한번 쳐다보더니 그냥 가버린다. 폐인공위성이 떨어지면서 갑자기 이상한 시간이 도래했는데, 모두들 다 무사한 것처럼 살아간다.

폭설 다음 날 흔적도 없이 사라졌던 눈처럼 시간이 뭉텅 사라져버렸다. 망가진 인공위성이 공중을 달려오는 사이 나는 전에 살던 사당동 708번지를 지나고 있었다. 집은 온데간데없고 거기엔 이수역 7번 출구가 서 있다. 그럴 리 없

다. 내 기억이 고집스럽게 그걸 인정하지 않고 있다. 기억은
직조하듯 잘 나가다가도 느닷없이 움찔한다. 그 집은 가압
류당했다가 결국 날리지 않았던가. 벌써 수십년 전 얘기를
마음이 짜나가다가 찢는다. 전철 문이 스르르 열려 사람들
을 뱉어놓고 다시 닫힌다. 근처를 지나던 블랙홀 속으로 나
의 일부가 뭉텅 빨려들고 있다.

흙투성이가 되다

갑자기 비가 오기 시작하자 울타리에 널었던 빨래들을 걷어 질질 끌고 집 안에 들여놓더라는 이야기, 네살배기 여자애가 그랬다고 한다. 이것은 생전에 엄마가 들려준 이야기다. 난 그런 기억 없다. 전해들은 이야기에서 장면을 더듬을 뿐이다. 가시울타리가 있었다. 붉은 벽돌집을 둘러친 울타리가 보이고 흰 빨래가 질질 끌려오다가 흙투성이가 된다. 이것이 기억인지 상상인지는 이제 물어볼 데가 없다.

길을 걸어가는데 트럭이 경적을 울린다. 돌아보는 순간고인 흙탕물을 튀기고 간다. 새 원피스에 온통 흙탕물을 뒤집어썼다. 야, 이 날강도 같은 놈아, 왜 이러는 거야? 뒤쫓아 달려가보는데 트럭은 낄낄대다 저만치 가버리고 없다. 하소연할 개미 새끼 한마리 없다.

느닷없이 나타나 반복되는 어떤 장면이 있다. 길에서 마차를 만난다. 몇사람이 타고 있다. 어깨에 가시철망이 걸쳐 있다. 손은 수갑으로 다리는 쇠사슬로 묶여 있다. 그들은 사형선고를 받았는데 한 등급 감해져 멀리 귀양을 가는 중이라 한다. 그중 한 얼굴은 익숙하다. 자기들끼리만 무슨 말을 주고받다가 크게 웃는다. 저희들 앞에 무슨 일이 있을지 모르고 쾌활하기만 하다. 갈기를 휘날리며 말들이 길을 휩쓸고 지나가는데 맨 마지막에 보이는 사람은 어디서 많이 본 얼굴이다. 그가 붙잡고 있는 흰 빨래가 길게 늘어져서 끌려간다. 힐끗 이쪽을 본다. 다시 또 이쪽을 돌아본다. 갑자기 흰 빨래가 흙투성이가 된다. 그제야 그가 누구인지를 알 것도 같다.

고슴도치와 헬리콥터

우리는 서로 스쳐지나갔다
아무런 인사도 없었고 알은척도 하지 않았다
그는 숲길을 가로건너는 중이었고
나는 숲길을 따라 오르는 중이었다
너무 놀라웠고 경황이 없었다
상처를 입었는지
비칠거리며 걸었다
파리가 두어마리 따라붙었다
그를 만질 엄두가 나지 않았다
그의 속도로 죽어가고 있었다
내 주먹만 한 몸집의 그가
콩알 같은 눈으로 나를 쳐다보았다
나는 내 키 높이에서 그를 내려다보았다
잠시 가만히 마주 서 있었다
내가 먼저 눈길을 피했다
그는 네발로 기어야 하는 포유류였고
다친 고슴도치였고
나는 두발로 걷는

가시털을 두려워하는
몸이 불어가는 포유류 호모사피엔스 여자였다
돌아오는 길 그 자리에는
아무 흔적이 없었다
그날 우리 사이엔 아무 일도 없었다
머리 위에서 헬리콥터가 붕붕대며 날았으나
이유를 알 수 없었다
너와 나 사이의 거리
종과 종 사이의 거리가 너무나 아득해서
나와 헬리콥터의 관계로 가늠해보았다

담쟁이네 집

길가 축대를 기어오르다 말고 담쟁이가 물들어가고 있었다. 석양이 비껴가는 넝쿨 끝에서 이 계절을 기억해둬, 기억해두라구!

창의 방충망까지 타고 올라와 내 책상을 들여다보던 이파리들, 수줍게 발개지며 달라붙던 어린애 이빨 같은 이파리들.

인간은 자기 집을 소유할 권리가 있는 줄 알았다. 그게 아니라는 걸 가르쳐준 집, 빚에 몰려 급히 팔아버린, 매매계약서에 도장 꽝, 찍고는 다시는 안 보려고 멀리 돌아 지나다니던 담쟁이네 집.

제3부

있음과 있었음의 사이에서

1

당신은 아무것도 모르고 있었다. 내가 저항할 힘이 없던 시기에 당신은 나를 지웠다고 생각했다. 그러고는 그 사실조차도 오래 잊고 있었다. 그러다가 갑자기 당신은 나를 기억해낸다. 2011년 12월 8일이다. 나는 당신의 꿈에 나타난다. 그날따라 내 안에 남아 있던 어떤 에너지가 균형을 잃고 폭발한 것 같다. 내가 왜 그런 멍청한 짓을 저질렀는지 알 수가 없다. 내 의지와 상관없이 일어난 일이다. 아니다, 어쩌면 나도 깨닫지 못한 어떤 의지가 있었을 수도 있다.

당신의 꿈속에서 당신은 나와 첫 대면을 한다. 당신의 양팔에는 이미 두 아기가 안겨 있다. 나보다 먼저 생겨난, 말하자면 나의 형제다. 병원이다. 내가 태어났다고 누군가 나를 당신의 품에 안겨준다. 당신은 나를 안는다, 얼떨결에. 당신이 나의 얼굴을 들여다본다. 놀란다. "아니, 갓난애가 어떻게 벌써 이렇게 하얀 이가 나 있지요?" 당신이 의사에게 묻는다. "종종 그런 일이 있지요. 크게 문제 삼을 일은 아닙니다. 요즘 산모들은 워낙 영양 상태가 좋으니까요."

나는 속으로 웃는다. 멍청한 의사. 그건 당연한 일이다. 내가 생겨난 것은 벌써 오년 전, 아니 오백년 전의 일이니까. 오년 전이라고 해도 이빨쯤이야 충분히 날 수 있는 시간이 아닌가. 당신은 두려워하기 시작한다. 당신은 다시 나의 얼굴을 들여다본다. "아니, 어떻게 방금 낳은 아이가 큰 애나 지을 수 있는 표정을 하고 있지? 그런데 내가 또 아이를 낳았다고? 그럴 리가? 나는 이미 아이를 다 낳았는데 또 아이 하나를 키워야 한다고? 지금 형편으로는 두 아이를 키우기에도 벅찬데." 나를 첫 대면한 당신의 말이다.

당신은 힘들게 몸을 일으킨다. 집으로 가겠다고 나선다. 오른팔에는 두 아기를, 그리고 왼팔에는 나를 안고 천천히 걸어 버스를 탄다. 그러나 그것은 버스가 아니다. 빽빽하게 사람들이 들어서 있는 어둑한 공간이다. 이건 내가 어디선가 본 풍경이다. 흐릿한 그들. 그들은 어쩌면 나와 같이 떠돌던 내 편의 무리인지도 모른다. 냄새와 분위기가 꼭 그렇다. 어둑하나 투명한 형상으로 휘적휘적 날아다니는 그들,

아무렇게나 날다가 달리다가 멈춰서서 천장이고 바닥이고 붙어 있는 그들. 나는 질식할 것 같다. 그러나 그건 느낌뿐이다. 나는 질식이라도 할 수 있는 몸을 잃었다. 나는 이제 형태를 잃은 존재다.

낯설지 않은 공간이다. 내가 언젠가 타고 떠돌던 그 버스다. 그 안에서 당신은 강보를 들춘다. 그러고는 소스라치게 또 한번 놀란다. 나는 다시 한번 실수를 저지른 것이다. 좀더 아기다운 천진한, 아무것도 모르는 얼굴을 보였어야 했는데, 나는 괴로운 마음을 고스란히 담은 그런 형상을 보이고 말았다. 당신은 나를 본다. 입과 목이 없고 긴 코만 가슴까지 내려온 나를 본다. 피부는 검푸르고 눈은 퀭하고. 당신은 나를 보고 얼른 강보를 도로 덮는다. 질린 표정이다.

당신은 벌벌 떨고 있다. '이를 어쩌면 좋단 말인가, 하필 이런 아기를 낳게 된 것일까, 이 아이를 어떻게 온전하게 기를 수가 있단 말인가, 입이 없는 아기를 목과 턱이 없는 아기를, 평생을 불안에서 벗어나지 못할 텐데, 이 얼굴빛은 지금 죽어가는 것 아닌가, 이를 어쩌나, 차라리 이 아기가 죽는다면, 죽는다면 저도 나도 홀가분해질 텐데.' 당신은 강보 속의 나를 꾹 누른다. 나를 버리고 나로부터 벗어나려는 당신의 의지가 전해진다.

그러나 당신은 후회하기 시작한다. 잠시 동안 스쳤던 그 생각을 두려워한다. 당신은 식은땀을 흘린다. 몸이 납빛으로 굳고 있다. 당신의 왼팔에 안긴 내가 굳고 있다. 잠시 스쳤던 당신의 그 생각 때문에 내가 죽어간다고 생각한다. 내가 납처럼 굳어가는 이유가 방금 전에 스치듯 했던 그 생각 때문이라고 당신은 믿는다. 당신은 이게 현실이 아니고 꿈이기를 바란다. 간절히 바란다. 그리고 당신은 눈을 뜨려 한다. 좀더 크게 눈을 떠야지, 떠야지. 나는 당신의 꿈 밖으로, 당신의 품 밖으로 떨어져나오고 만다.

내가 몸이라는 그릇에 나를 담고 소리에 말을 담아 감정과 의지를 전하고 부피를 지녀 자리를 차지할 수 있는 건 꿈속에서뿐이다. 그것도 당신의 꿈속에서뿐이다. 당신의 꿈 밖으로 밀려나면 나는 아무것도 아니다. 허공 속의 흐릿함과도 같다. 아니다. 흐릿하다고 할 만한 희미한 형체조차 없다. 모양도 부피도 냄새도 없다. 그냥 떠다니다 사라지는, 당신이 아닌, 다른 사람의 시각을 통해서는 알아채지 못하는 존재다. 나는 생각의 힘으로 모든 것을 꿰뚫어볼 수도 있었지만, 당신 내장의 물 흐르는 소리까지도 들을 수 있었지만, 나무줄기 속에 들어가서 감미로운 수액과 함께 흐를 수도 있었지만, 어느 순간 그쪽 세계가 내게 문을 닫아버렸다. 나는 그 모든 것을 몸으로 하는 게 아니라 생각으로만 한다.

내가 쓰러진 빈 병들과 함께 어둑한 곳에 있기 전에 나는 더러운 쓰레기와 함께 개천에 버려진 오물이었다. 핏덩이였다. 그것이 당신 쪽 세상에서 가져본 마지막 형상이었다. 아주 짧은 시간 동안만 그렇게 있었다. 나는 곧 더러운 악취뿐인 나의 몸을 벗어났다. 부패하는 열기의 힘을 빌려 상승했고 배회했다. 지독히 쓸쓸하여 나는 허망한 에너지를 흩뜨려 산화할 수가 없었다. 말하자면 나는 아직 흩어지지 못한 에너지였다.

그러나 그전에 나는 아늑하고 따뜻한 곳에 있었던 걸 기억한다. 괴로움이 아직 무엇인지 몰랐을 적에, 허전함, 텅 빈 것의 느낌이 무엇인지 아직 모를 때에 나는 당신의 몸에 붙어 있었다. 그때 당신과 나는 한몸이었고 당신을 거의 나라고 생각했다. 내가 당신에게 말하면 그것은 마치 나에게 말하는 것과 같았다. 내가 복숭아의 향기를 그리면 당신은 복숭아가 먹고 싶다고 했다. 내가 푸른 창공을 생각하면 당신은 창을 열어 하늘을 보았다. 당신은 어느날 털이 보송보송 돋고 물을 담뿍 머금은 복숭아가 먹고 싶다고 했다. 그러나 그때는 한겨울, 어디에서도 복숭아 같은 것은 구할 수 없었다. 겨울 수박, 겨울 참외는 있으나 겨울 복숭아라는 말은 없다. 세상의 모든 냄새가 갑자기 당신의 코를 덮친다. 지붕 꼭대기까지 시궁창 냄새가 덮친다. 냄새의 지옥 같은 이 불안을 호소한다. 당신은 안절부절못한다. 사람들을 붙잡고 이 불안의 냄새를 좀 쫓아달라고 한다. 그러면 구원될 수 있을 거라고. 그러나 겨울이었고 당신에게는 이미 아이가 둘 있었고 무엇보다도 당신에게는 당신 자신도 어쩔 수 없는 뜨거운 사막 같은 불안을 머리에 이고 있었다.

당신은 소화불량을, 두통을, 쉬지 않고 쏟아지는 구토를, 안절부절을 식구들에게 호소한다. 그러고는 지쳐 병원에 들른다. 소화불량과 불안의 원인을 묻는다. 그때까지는 내가 당신의 몸에 붙어 있던 때다. 한없이 안온한 느낌으로 저 쓰러진 빈 병 속의 허전함과는 상대도 되지 않는 곳에서 아무것도 모르고 매달려 있던 때다.

2

왜 그 버스정류장에 서 있는지 거기가 어디인지 나로서는 알 수가 없다. 비가 온다. 당신이 서 있다. 우산을 쓰고 우산 위로 나뭇가지가 늘어져 있다. 나뭇잎 하나하나를 쓸며 내려온 빗방울이 있다. 검은 우산 위를 굴러떨어진다. 빗방울이 흐르는 동안 문을 열어놓고 떠나지 않는 버스가 있었다. 당신은 버스를 타야 했다. 버스를 타려고 했다. 그러나 이상하게도 우산 밖으로 나갈 수가 없다. 걸음을 떼어놓을 수가 없다.

드디어 버스가 문을 닫고 출발하고 있었다. 당신은 우는 것 같았다. 누군가 우산 주위의 기운을 무겁게 누르고 있었다. 분명하지는 않지만 그자들이 힘을 쓰는 것 같았다. 당신이 우산 밖으로 빠져나오려는 것을 막고 있다. 당신은 이상한 꿈을 꾸고 있다. 웬일인지 당신의 꿈속으로 우산 속으로 내가 들어설 수가 없다. 내 편 무리 중에서 누군가가, 검은 얼굴의 누군가가 우산 주위의 기운을 꽉 누르고 있었다. 당신이 울고 있는데 나는 아무런 힘을 쓸 수가 없었다. 나도 어쩔 수가 없다. 나도 당신처럼 한없이 미약하니까. 미약한 내가 당신에게 나타나 나를 보여줄 수 있는 방법이 없었다.

나는 나무들 속으로 들어서려고 했다. 나무들의 몸을 빌려 당신이 처녀 때 살던 집, 그 집 뒷산에 빽빽하게 서 있어야 했다. 어떻게든 당신이 내 쪽을 바라보게 해야 했다. 나는 내게 불을 질러야 했다. 빨갛게 타면서 나는 쓰러지지 않았다. '아 멋지구나. 어떻게 저렇게 불타면서 쓰러지지 않는 나무들이 있을 수 있지? 꼭 바닷속 산호숲 같구나. 숯덩이 나무가 빨갛게 타기만 하고 연기도 없이 쓰러지지 않다니 저 나무들 좀 봐!' 당신이 이렇게 외치라고, 이렇게 외치면서 이상한 꿈속에서 벗어나라고 숯덩이 나무가 된 나는 안간힘을 쓴다. 당신이 불타는 나무인 나를 보고, 나는 나를 바라보는 당신을 보기를 기다린다. 나는 당신의 안절부절이 그치기를 기다린다. 비가 멈추기를 기다린다. 그러나 당신은 우산 속을 빠져나올 수가 없다. 당신은 하염없이 이상한 꿈의 바퀴를 돌기만 한다. 당신은 움직이지를 못한다. 빠져나오지를 못한다.

실패를 거듭한다. 당신은 또다른 꿈의 바퀴를 돌기만 한다. 당신은 편지를 받는다. 그건 당신이 그리워하는 누군가에게 보냈으나 다시 되돌아온 편지다. 봉투를 제외한 편지지가 조각조각 찢겨 있다. 자기가 받은 편지를 조각조각 찢어서 답장 대신 보내는 자가 세상에는 있다. 어쩌면 검은 얼굴의 그자일 거라는 생각이 든다. 검은 얼굴의 그자가 나타나면 나는 힘들어진다. 당신은 조각조각들을 다시 봉투에 넣는다. 종잇조각들이 끝도 없이 봉투 속으로 들어간다. 그것들은 녹지 않는 모조 눈송이 같다. 그것들을 당신은 계속해서 쏟아붓고 있다. 봉투는 부풀지도 않는다. 얄팍한 채로 끝도 없이 들어가고 있다. 평생을 당신은 그와 같은 짓을 할 것만 같다. 항아리에 쌀을 붓고 냄비에 물을 붓고 또 주머니나 자루에 가루나 알약들을 쏟아부으면서 당신은 이상한 쳇바퀴에 빠져 헤어나지 못한다.

나는 또 안간힘을 쓰며 다른 시도를 한다. 당신이 이쪽을 바라보게 해야 한다. 물고기들, 물속의 물고기들에게로 당신의 시선을 끌고 와야 한다. 시내가 흐르고 물은 한없이 맑고 물고기의 눈들은 선명하다. 물고기들은 흐르는 물을 거슬러오르는 게 아니라 정지해 있다. 움직이지 않고 눈을 뜬 채로 꼭 자는 것 같다. 당신이 한 물고기의 눈을 보았으면 하고 나는 희망해본다. 물고기의 몸에 들어 물고기의 눈 속에 든 나를 보라고, 어서 내 눈과 마주쳐달라고. 당신이 말을 하게 해야 한다. 나는 당신의 말을 들어야 한다. 드디어 당신이 "어디서 많이 본 눈이구나"라고 중얼댄다. 나는 당신의 그 눈을 봐야 하고 당신의 목소리를 들어야 한다. 물고기의 눈 속에 든 내가 당신을 보고 당신은 내 눈을 보고, 나는 당신에게로 가고 당신이 되고 당신의 몸을 빌려 하나가 되어 걷게 된다면 당신의 증세는 좀 나아질 텐데…… 당신과 하나가 된 내가 물결이 찰랑찰랑 길가에 와 부서지는 물가를 걸어야 하는데, 그런 길이 놓여 있어야 하는데, 당신은 꿈에서 깨어나 그 길을 걸어가야 하는데 걸어가야 하는데, 당신은 또 깨어나지 못한다. 당신은 나를 알아보지 못한다. 또다시 당신은 나와 유리된 세계로 가버린다.

나로서는 도저히 이 허공의 원리를 당신에게 설명할 도리가 없다. 모든 나무는 모든 물고기는 모든 돌멩이는 사실은 그것이 나무가 아니고 물고기가 아니고 돌멩이가 아님을, 그곳에서의 사물들은 이곳에서는 사막에 떠 있는 허공임을 어떻게 당신 세상의 말로 설명할 수 있겠는가. 그것이 생각의 그림자이고 천번도 더 바뀐 형상이고 앞으로 수도 없이 또 다르게 바뀔 형상임을.

그날 내가 죽어가는 아기의 형상으로 당신의 꿈속에 나타난 날, 당신은 새벽에 식구들을 흔들어 깨운다. "이상한 꿈을 꾸었어, 죽어가는 아기를 안고 있었어, 죽어가는 아기를 푹 덮어버렸어, 그리고 꾹 눌렀어."

꿈 때문에 드디어 당신은 나를 생각하기 시작한다. 오년 전 일을. 지독한 소화불량으로 병원에 갔고 피검사, 초음파 검사, 소변검사를 하고 당신은 임신입니다,라는 의사의 말을 들었다. 가끔 이런 일이 있습니다,라는 말을 들었다. 그래, 그것은 사고와도 같은 일이었다. 당신에게는 이미 아이가 둘 있었고, 또 한 아기를 키울 만큼의 여유가 없었다. 당신은 어딘가로 전화를 하고 내일 곧 병원에 가야겠어요,라고 말했다.

병원에서는 매일같이 수도 없는 아기들, 아직 아기가 되지 못한 것들이 지워진다. 핏덩이들이, 가위 핀셋 주사기들과 엉켜 조용히 쓰레기 더미 속으로 또는 하수도 구멍으로 사라진다. 차가운 금속들이 부딪는 소리, 이상한 알 수 없는 냄새들과 함께 당신들은 그것들을 죽인다고 말하지 않는다. 버린다고 말하지도 않는다. 지운다고 말한다. 그리고 당신은 그것이 지워졌다고 믿었다.

섬뜩한 불안이 당신을 사로잡는다. 당신은 처음엔 그것이 아무 형태도 없는 것이니, 눈앞에 보이지 않는 것이니 없는 것이나 마찬가지라고 생각했다. 그것은 불안해하지 않음으로써 없앴을 수 있는 것이라고 생각했다. 그것은 간단히 수술 한번으로, 혹은 알약을 몇개 먹고 긴 수면을 취하고 나면 없앨 수 있는 병이라고 믿었다. 그래서 당신은 병원으로 향했다. 당신의 팔과 다리가 묶였다. 천장을 향하여 누웠다. 머리 위에는 지독한 불빛이 탐조등처럼 돌아가고 그 불빛이 당신의 벗은 몸을 비추고 있었다. 수를 세라고 했다. 하나 둘 셋 넷 다섯 여섯 일곱, 하나 둘 셋 넷 다섯 여섯 일곱, 당신은 시키는 대로 했다. 열을 다 세지 못하고 잠들었다. 잠들어 소리를 들었다.

가위들이 부딪는 소리, 주사기, 그리고 천개의 눈동자를 보았다. 날아다니는 그중의 한 눈동자를 당신은 오래 주시했다. 아주 오랫동안 그것 하나만을 바라보았다. 까만, 까맣다 못해 푸른색을 띤 눈. 수천개의 눈이 떠도는 가운데 당신은 그 눈 하나를 따라갔다. 까맣다 못해 파랗다고 생각되는 그 눈 하나를. 그렇게 당신과 나는 만났고 헤어졌다. 당신은 헤어졌다고 믿었으나, 나는 여전히 헤어지지 못했다.

당신의 머리 위를, 탁자에 놓인 시계 위를 내가 떠돈다. 당신의 머리 위엔 사막이 있다. 시계 위에도 전화기 위에도 조그만 사막이 떠 있다. 그런데 당신은 이상하다고 생각한다. 당신은 나를 지웠다고 생각하는데 당신의 증세는 지워지지 않았다. 당신은 그때 처음으로 나를 생각해보았다. 도처에 있으면서 동시에 아무 곳에도 없는 나를, 당신 꿈속을 휘젓고 다니면서 함부로 나타났다 사라지는 나를, 당신 머리 위에 사막 위에 떠 있게 된 나를. 까맣다 못해 파란 눈동자는 당신이 기억하는 나의 형상이다. 처음 얼마 동안 나는 그런 모습이었다. 그리고 곧 보이지 않는 형상으로, 당신 세상의 감각으로는 알 수 없는 것이 되었다.

사막과 사막 사이를 건너다녔다. 아무도 내 존재를 알아차리지 못한다. 가만히 당신의 코트 주머니 속에 들어가 있어도, 흔들리는 시계추 위에 매달려 있어도, 아이가 띄워놓은 풍선 위에서 흔들리고 있어도, 풍선이 흔들리는 것은 바람 때문이라고 생각한다. 당신은 나를 알아채지 못한다. 당신은 나를 지웠다고 생각한다. 그러나 지워진 존재이면서 동시에 나는 지워지지 못했다. 나는 당신 꿈속을 떠다닌다. 수년의 캄캄한 낮과 밤, 차가운 지붕들, 얼어붙은 담벽들, 그러나 내게는 벽이 아닌 벽, 지붕이 아닌 지붕들이었다.

어쩌면 나는 수세기를 기다려 이 지구라는 곳을 떠나 다른 별 속으로 파고들어야 했다. 이곳으로부터 몇백광년 떨어진 곳, 하늘은 붉고 다섯개쯤의 태양과 열두개쯤의 달이 돌고 있는 곳, 여러 생명체들이 엉겨서 너와 내가 구별되지 않는 곳, 풀이 양이고 양이 또한 풀이 되는 곳, 그 누구를 그리워하면 그것이 얼른 달려와 당신과 하나가 되는 곳, 당신이 나이며 내가 당신인 곳, 모두가 하나라서 내가 무엇인지

생각할 겨를이 없는 곳, 쓸쓸함이 무엇인지 도저히 상상할
수 없는 곳.

아니면 수세기 전의 과거로 돌아가서 우리가 털이 덮인
유인원으로 동굴 속에서 지내던 때, 아늑한 그곳에서 불을
피워놓고 어미는 새끼를 끌어안고, 아비는 동굴 벽에 사슴
과 뿔 달린 들소들을 그려넣고 창던지기 연습을 하던 때,
처음으로 돌을 깎고 돌로 열매를 쳐서 부숴 먹던 때, 그때
생겨났어야 했다. 그러나 나는 스스로 시간을 선택할 수가
없었다. 나는 지금 이 시간밖에는 있을 수가 없다. 지금 이
시간, 청소기 속 먼지들은 엉겨 있고 수저통 속에 숟가락들
은 고요하고, 화병의 꽃들은 제 뿌리가 잘린 줄도 모르고
물속에 허리를 담근 채 화들짝 놀란 표정으로 꽂혀 있는 시
간인 지금, 여기밖에는.

지금 이 시간에 나는 깜깜한 유리창 안의 이곳저곳을 배
회하는 것이다. 나를 지웠다고 생각하는 당신은 깜깜한 유
리창에 머리를 기대고 또 엉뚱한 불안에 시달린다. 꿈속에

서 또 검은 얼굴의 그 작자를 만난다. 내가 어찌할 수 없는 검은 얼굴, 어쩌면 그는 나의 근원이라는 생각도 한다. 아니 어쩌면 나를 낳은 자일지도 모른다. 나는 그의 몸속을 거쳐 흘러나온 것인지도 모른다.

어두운 골목을 지난다. 좌판을 지난다. '아르바이트 구함'이라고 쓴 기둥을 지난다. '특효약'이라고 쓴 광고지를 지난다. 작은 문 앞에서 한 여자가 걸음을 멈추고 서 있다. 옆에 남자가 서 있다. 그들은 몸을 기대고 서 있다. 아니다. 여자가 훌쩍거리고 있다. 남자가 여자를 달래고 있다. 여자가 신경질을 부린다. 남자가 놀라 바라본다. 여자가 울고 남자가 증오에 차서 여자의 팔을 비튼다. 저들처럼 누군가의 다툼 끝에서 내가 생겨난 것인지도 모른다. 나는 나 이전의 나를 모른다. 누가 나의 근원인지를, 내가 무엇이었는지를, 나의 씨앗이 어떤 감정, 어떤 숨소리, 어떤 한마디 말로부터 시작된 것인지를.

골목 한구석에 쓰러진 빈 병에게로 나는 다시 간다. 저게

나의 집은 아니다. 내가 오래 머물고 있었지만 저건 내 집이 아니다. 그렇지만 나는 우선 그곳으로 간다. 몹시 심한 피로, 불안한 기갈로 가득 찬 나를 눕혀야 한다. 몸이 없으니 그 허기를 해결할 길이 없다. 눕혀야 하는데 눕힐 몸이 없다.

이제 사막을 다시 떠돈다. 시계 위에 있는 사막, 작지만 끝이 없는 사막, 코끼리가 걷고 있다. 저 코끼리가 사막을 걷기 시작한 게 언제부터인지 모른다. 아무리 걸어도 저 코끼리는 사막을 벗어나지 못할 줄을 나는 안다. 그러나 이 세계의 원리를 당신이 사는 세계에 설명해줄 수는 없다. 당신 머리 위에 떠 있는 사막, 냄비 위에도 떠 있는 사막, 당신 집 창가에 피어 있는 물봉숭아 위에도 떠 있는 사막. 내가 살아 있는 모두의 피부와 영혼 위를 쓰다듬고 지나갈 때 들리는 모래바람 소리 같은 걸 당신은 어렴풋이 듣게 된 것일까.

3

나는 다시 어찌해야 할지를 모른다. 이제 마지막으로 내게 남은 에너지를 집중하여 저 사막들을 바라본다. 내가 온 곳과 내가 갈 곳을 혼동한다. 내게 있는 모든 느낌과 형상과 생각들이 다 흩어지기를 기다린다. 나는 돌아가고 돌아가고 영원히 돌아가야만 한다. 내 집으로, 내 호텔로, 나의 강으로, 나의 숲으로. 나는 모른다. 무엇이 사실이고 무엇이 사실이 아니었던가를. 나는 영원히 변해야 하고, 어느 한곳에 갇혀 있을 수가 없다. 나에게 내일이란 없다. 바람은, 밤은, 어둠은 지나가고 말 것이고, 나는 있음과 있었음의 사이에 있었다. 나뭇잎은 나뭇가지 속에서 반짝거린다. 나는 그 반짝거림과 반짝거림의 사이에 있었다. 엄마, 여보, 마이 스윗 하트, 얘들아, 여러분, 그리고 당신, 당신을 사랑해. 반짝이고 굴러다니고 휩쓸려다니며 쉬익 소리를 내는 것, 그 속에 내가 있었는데 당신은 나를 느끼지 못한다. 그것은 바로 내 생각의 모습인데 당신은 나를 인식하지 못한다. 나는 나무둥치를 붙잡고 당신을 부르고 싶다. 엄마, 여보세요, 소나무, 밤나무, 백양나무. 아저씨, 난 사실 그렇게 용기 있는 자가 아니에요. 난 있는 힘을 다 발휘해 당신을 부르는데 소리가 나오지 않아요. 당신에게 달려가고 있는데 닿지가 않아요. 당신은 날 알고 싶어 하지도 않아요, 보고 싶어 하지도 않아요. 당신 대신 유칼립투스 나무를, 당신 대신 싸이프러스 나무를, 당신 대신 나를 부르다니요. 닥터 장, 여보세요, 사장님, 팀장님, 아빠, 은경 씨, 날 어떻게 좀 해줘, 오늘뿐이야, 내일은 없어, 지금 이 순간뿐이야, 안녕, 아니 안녕할 수 없어, 그러나 내던져진 자로서 할 말은 이것뿐이야, 잘 있어 안녕.

제4부

인터뷰

사격 선수가 첫 금메달을 땄다 또 올림픽이 시작되었다
적어도 한달은 온 나라가 이렇게 지나갈 것이다
사격 선수는 인터뷰하면서 자기 아이에게는 절대
사격을 시키지 않겠다고 했다
모기가 내 다리를 물었다

종아리에 두방, 정강이에 한방, 산책로에서 물린 것인지
씽크대에 섰을 때 물린 것인지 소파에 누웠다가
몹시 가려워졌는데
이미 늦었다
생명은 자기 생명을 다하여 자신을 유지하려 한다
삶에 낭비란 없는 것 같다 가려운 인생
가려우니 긁을 수밖에

아버지에게 가봐야 한다
사회복지사의 말이 등급 외 판정을 받았기 때문에
주간 보호를 맡길 수 없다고 했다
아버지는 목욕하다가도 비누칠한 것을 잊고

욕조에서 잠이 드는데
사회복지사와 인터뷰할 때는
자기 이름이며 생년월일까지 정확히 대답해버렸다
좀더 바보가 될 때까지 기다려야
복지기관에 종일 맡겨질 수가 있다고 한다

금발의 여자애가 사격 선수 앞에 와서
싸인을 받으며 금메달을 살짝 어루만졌다
참을 수 없이 가렵다
모기 물린 데 바르는 약은 어디에 둔 것일까

어젯밤 내내 꿈을 꾸었는데 내용이 전혀
생각나지 않는다
꿈속에서 지나친 것과 지금 지나치고 있는 것
두려운 것은 딴 세상과 이 세상 사이에 아무것도 없고
아무런 상관이 없게 되는 것이다

흔들렸다

꽝 소리가 났다. 3층 아파트가 흔들렸다. 뭔가 무너지고 있었다. 올 것이 온다더니 틀림없었다. 밖으로 튀어나갔다. 아무도 없었다. 맞은편 아파트에서 한 여자가 베란다에 나와 흰 빨래를 탁탁 털어 널고 있었다. 비명 같은 게 들렸다. 현관에서 한 남자가 나를 보고 싱긋 웃었다. 무슨 소리 못 들었나요? 아니요. 이상하네, 꽝 소리가 났는데…… 그 남자는 헛기침을 한번 하고 안으로 들어갔다. 햇빛이 찬란했다. 아무 일도 없다니. 매미가 일제히 울기 시작했다. 아무도 없었다. 안으로 들어가기가 무서웠다.

길을 건너 그늘을 따라 걷기 시작했다. 모든 것이 변했는데 놀랍게도 티롤이라는 까페가 아직도 거기 있었다. 들어가 뭔가를 마시려는데 창가 쪽에 아는 얼굴이 있었다. 나를 알아보지 못하는 것 같았다. 가까이 다가가 말을 걸었다. 혹시 기억 못해요? 누구신지? 재인이 아니야? 아닌데요. 분명 재인이 맞는데. 아니라니까요. 그럴 리 없어. 왜 이러세요, 아니라는데. 그는 조금은 변했지만, 변하지 않은 모습이 더 많이 남아 있었다. 무릎 위에 꼭 쥔 주먹이 분명 그의 손이었다. 유리창 밖에서 갑자기 비둘기가 날았다. 그의 어깻죽지에서 솟았다. 시간이 오래 지났다고는 하지만 그가 왜 자기 이름까지 잊고 있는지, 왜 자신이기를 거부하는지 이해할 수 없었다. 꽝 소리가 났는데 세상은 멀쩡했고 어떤 사람은 자기가 아니라며 이름까지 잊고 있었다.

새의 쇠단추 눈알에

한줄기 새소리가 짧은 탄식처럼 지나간다
아침에 눈떴는데
나무 한그루 없는 아파트 8층인데
어떻게 새소리가 휙 스쳐갈 수 있는 것인지

아직 잠의 가장자리에서 헤매는 중인데
전달할 수 없는 무력함으로
잠시 잠깐 새의 쇠단추 눈알에 안겼다
놓여나는 시간

들깨알만 한 새의 동공에 비쳤을 커다란 사물들
번쩍이는 유리창, 솟고 솟는 아파트,
이 도시의 펄럭이는
펄럭이는 잡동사니들

커다란 것들은 스스로 자기 전체를 보지 못하고
침대에서 아직 꾸물거리고,
아침이구나, 비슷해서 구별할 수 없는

인간들이 창마다 꽂혀 있는 잿빛 숲이겠구나

한줄기 새소리는 무엇을 전달하는 것일까
그것을 이해하는 자에게는 전달할 것도 없겠지만
새는 이 잿빛 숲이 숲이 아니라는 것을 모르고

나는 언젠가는 여기에서 없어질 존재
한줄기 새소리를 향해 내가 할 수 있는 말은
무력하다, 닿을 수 없다
작은 네 눈알에 안겼다 놓여났을
작고 작은 나, 무지막지한 나

네 다리로 걸어간 말

그때 천관녀의 문 앞에 이르러 말의 목은 굴러떨어지고, 마당엔 피가 흥건했다. 그 남자 김유신은 돌아가 삼국통일의 영웅이 되었고, 역사는 자세한 이야기 하지 않는다. 그녀의 심정 따위 기록하지 않는다. 말의 울음소리, 낭자했던 피, 목 잘린 말이 뒤돌아서 목 없이 네 다리로 걸어갔던 길.

여자는 걸어나가 말고삐를 잡으며 갈기를 쓰다듬고, 말은 말뚝에 습관처럼 매어지고, 마당의 풀들은 기꺼이 말굽에 짓이겨지리라. 그러나 그런 일 일어나지 않았다. 목 잘린 말이 뒤돌아서 목 없이 네 다리로 걸어갈 때, 이파리마다 귀를 가진 것들이 백장의 귀를 뒤집을 때, 여기서 시간은 잠깐 정지해야 했다. 그러나 시간은 멈춰주지 않았다.

말굽 소리, 풀잎 쓰러지며 뿌리에서 뿌리로 전해지던 소리, 벌판 끝까지 달려갔다가 다시 돌아와야 했으나, 그런 일 다시는 일어나지 않았다. 여자여, 천관녀여, 내일을 믿지 마, 내일을 기다리는 동안 네 삶은 멀리 가버릴 거야, 그러나 그런 말들 나뭇잎들이 대신 수런거려주지도 않았다.

에로틱 숫자

누렇게 바랜 노트의 갈피 속에서 그가 보냈던 첫 편지와 봉투가 나왔다. 처음 만났던 그곳에서 만나자고, 그리고 사정이 생길 경우에는 전화를 하라며 번호가 적혀 있었다. 696-1354 뜻 없는 숫자. 숫자는 비스듬히 기울어 있다. 오래 누워 있다가 다시 막 일어선 것처럼 관절을 펴는 중이다. 살아 있는 신체의 연장처럼 에로틱한 포즈를 취하고 있다. 무심코 취한 자세일까. 그건 살아서 앉고 일어서고 기대고 팔을 괴고 심지어는 춤을 추자고 상대의 허리를 감싸안으려고 이제 막 손을 내뻗는 형세다.

'이젠 만나지 맙시다. 할 말이 없소'라고 단호하게 소리치는 한줄짜리 편지도 함께 있다. 그 겨울이었던가? 아침에 깨어보니 서리처럼 얇게 눈이 왔었다. 발자국이 가로등 아래 몇개 흩어져 있다. 발자국을 내다보면서 이를 닦는다. 칫솔질을 시작했고 입안을 헹구고 칫솔을 수도꼭지에 대고 흐르는 수돗물을 생각 없이 바라보다가 수돗물을 잠갔는데, 서쪽 창으로 지는 햇빛이 기어들고 있다. 아침나절이 저녁나절이 되어 있다. 아주 잠깐 동안에 해가 지는 긴 겨울, 그날은 12월 8일, 뜻 없는 숫자였지만 해마다 '아, 오늘이

12월 8일이지' 하면서 지나간다. 그런 겨울이 열번도 더 지
난 어느날인가는 갑자기 그 표정이 뚜렷이 떠올라 밖으로
뛰쳐나간 적이 있었다. 그것은 희미해지며 무뎌지다가 다
시 떠올라 더욱 뚜렷해진다.

　그 겨울엔 온몸에 부스럼이 돋았다. 옆구리에 엉덩이에
이유를 알 수 없는 것들이 창궐했다. 종기는 화산처럼 고름
을 품고 있어서 걸을 때마다 한쪽 다리를 절룩거려야 했다.
어떤 날은 학교에 가다가, 버스를 타고 밖을 내다보며 통증
을 참을 수 있다고 생각했는데, 어느새 버스에서 내려와 있
었다. 이종사촌의 집 앞이었다. 사촌은 학교에 가고 없었다.
사촌의 빈방에 들어가 혼자 누웠다. 아랫니와 윗니가 부딪
치면서 떨리는데 멈출 수가 없다. 밤이 되도록 사촌은 오지
않고, 새벽녘에 이모가 들어와 내 기척을 듣고, 옷을 벗기고
종기들을 짜준다. 왜 이렇게 되도록 말을 하지 않았어, 너
희 집 식구들은 뭘 하고 있는 거야, 혀를 찬다. 왜 그것들이
곪아터지도록 말을 하지 않았는지 나도 알 수 없다. 화산의
분화구처럼 고름이 폭발해 터져나왔고 사흘 동안인가 학교
에 가지 않았다. 사촌의 옷을 입고 사촌의 베개를 베고 누

102

워 있었다. 내다 버리지 않아서 말라가는 사과 껍질, 그 냄새에 코를 박고 허공의 시간들이 자기들끼리 팔을 뻗어 감싸고 돌며 춤추는 것을 막아보려고, 나는 내가 아닌 다른 누군가가 되려고 애를 썼다.

양초공장

중국에 가면 우리 집 앞에 공장이 있어, 오만평이래, 종업원은 수천명이야, 이 큰 공장이 무슨 공장일까 궁금해하다가 양초공장이란 말을 듣고 깜짝 놀랐어, 양초를 이렇게 큰 공장에서 만드나, 백화점에도 납품한대, 놀랍지 않아? 양초공장의 향수들, 이집트 앰버 향, 씨트러스 향, 용연향이 진동하지, 공장이니까.

중국에 우리 집이 어디 있다고 그래? 우리 집은 여기에만 있잖아, 아니야, 중국에 한번 가봐, 우리 집이 거기 있다니까, 어디서나 양초를 켜면 요염한 오리엔탈 향이, 앰버 향이, 버베나 향이 퍼지고 우리 집은 그 불빛마다 발갛게 익고 있지 혹은 노랗게 깜박이지, 전세계로 양초가 수출되고, 메이드 인 차이나 우리 집도 그렇게 동반 수출 되고 있는 거야.

우리 집은 아마도 행복할 거야, 거기엔 제2 부인이 있고, 남편은 부인에게 이런 말을 하지, 당신을 정말 사랑해, 남편들이 돈을 버는 이유는 다 여자들을 위해서야, 그렇지 않다면야 돈을 벌 이유가 없잖아, 퇴근해 오면 전화기도 꺼놓고 오로지 부인만 불빛처럼 쳐다보며 살고 있지, 양초는 캔들의 복사본이고 행복을 전사하지, 전세계로 행복을 수출해야 하는 거야, 우리 집만 행복할 수는 없잖아?

요즘은 촛불로 음식을 해, 어머니는 촛불로 밥을 지으신다라는 시도 있잖아, 낭만을 피우는 거지, 녹차 유리 주전자 밑에서, 전복찜 밑에서 양초가 은은히, 식지 않기 위해 내내 타지, 손님처럼 우리가 전복찜을 앞에 놓고 따끈하게 앉아 있는 동안, 그 밑에서 양초는 소꿉 아궁이처럼 환하지, 당신 왜 이래? 중국에 우리 집이 어디 있다고 그래? 우리 집은 여기 있잖아, 왜 못 믿는 거야, 중국에 가면 진짜 우리 집이 있고 우리 집은 거기서 남의 집처럼 수출되고 있다니까.

말의 고민

　말〔馬〕에 말〔言〕과 같은 이름을 붙였다는 것이 말〔馬〕은 불만일 것이다, 어떻게 말〔馬〕에 말〔言〕과 같은 이름을 붙일 수가 있는가, 말〔馬〕은 '헐' 아니 '힝' 같은 소리쯤으로 불렀어야 하는 것 아닌가? 어떤 이름을 붙여도 결국 말〔馬〕을 제대로 부를 수 있는 말〔言〕은 없어, 말〔馬〕은 자신을 말〔馬〕이라고 불러도 결국 멍하니 그 소리를 쳐다볼 뿐이야, '헐' '힝'이라고 불러도 마찬가지일 거야, 결국 그 이름은 자기 자신이 아니니까, 자 보라구, 고개를 내저어 갈기를 흔들잖아, 말〔馬〕의 눈망울이 그렇게 멍한 것도 깊은 속에서 진짜 자기를 찾으러 떠나 있기 때문일 거야, 진짜 자기? 그게 뭔데? 아무것도 아니야, 아무것도 아닌 게 뭐냐구? 말 속에 있는 빈자리, 뭐라구? 울타리 없는 들판이 거기 있어서 그런 거야, 말의 속에도 그런 게 있어? 그래, 빈 들판에서 갈대 흔들리는 소리, 아 그거야 그냥 수사법이지, 갈대가 아니라 갈기 아냐? 돌려 말하지 말고 제대로 말해봐, 잃어버린 것을 찾고 싶은데 말도 뭘 잃어버렸는지 그걸 몰라서 그러는 거야, 그래서 그냥 자기의 이름이 말〔言〕이건 말〔馬〕이건 내버려두는 거지, 말에게 자기란 없어, 이름이 있어야 비로소

말〔馬〕이 되는 건데 말이라니 차라리 아무것도 아닌 게 낫지, 넌 지나치게 바라는 게 많아, 뭘 원해, 진짜 말〔言〕? 그리고 진짜 말〔馬〕과 똑같은 말〔言〕?

표현

검붉은 흙길 위에 잎사귀 하나
어찌나 노랗던지 긴 꿈에서 깨어난 것 같다

이곳에 아직 도달하지 못한 별빛처럼
그 한잎 내가 못 보았더라도
거기서 혼자 노랗게 빛났을 것이다

엄마, 난 몇살때 4월이었어?
묻는 아이처럼
이번 4월도 작년 4월도 4월이 아니고
아득한 곳에 4월이 있었다는 듯

검붉은 흙길 위에 잎사귀 하나
내가 이해하지 못할 향기를 저어
멀리멀리 가고 있었다

경계와 영역

복권 당첨만큼의 확률은 아니지만 어떤 행운이 가끔은 내게도 온다. 열네시간 동안 비행기를 타야 하는데 내 오른쪽 자리가 빈 것이다. 창가 자리에 앉아 구름 사이로 도시들을 내려다보며 옆자리에 다리를 올려놓고 갈 수도 있는 이 행운에 회심의 미소를 짓고 있는데, 그 빈자리를 왼편에 둔 여자가 먼저 말을 걸어왔다. "내가 다리를 이 자리에 올려놔도 되겠어요? 사이공을 떠나 인천공항에서 갈아탔는데 사흘간 거의 잠을 못 잤어요.""네 그러세요, 우리 서로 그러기로 합시다." 베트남 여자였다.

베트남 맹호부대 용사에게 위문편지를 썼던 기억이 있다. 어릴 때 학교 숙제로 써 보냈던 위문편지에 답장이 오고 꽤 오랫동안 편지를 주고받았었다. 하얀 아오자이 자락을 휘날리며 베트남 여인이 바닷가를 거니는 그림엽서를 마지막으로 편지는 끊어졌다. 그 맹호부대 용사가 몇명의 베트콩을 죽였는지, 그리고 아오자이 여인과의 사이에 아이를 낳았는지, 그 아이를 버려두고 무사히 살아 돌아올 수 있었는지는 알 길이 없다. 베트남 사람에게는 친절해야 한다는 것, 그것은 누군가 내게 심어준 생각이다. 먼 나라의

전쟁터로 어린 내가 위문편지를 썼고 그것이 무슨 나비효
과 같은 것으로 휘발되어 빈자리를 사이에 두고 베트남 여
자가 앉게 된 것인지는 모르지만 하여간······

비행기는 Yellowknife, Bausejour, Thompson, Manitoba,
가본 적 없고 들어본 적도 없는 지도상의 도시 위를 날고
있다. 지상의 사람들이 캄캄하게 잠든 시간에 점심 기내식
을 먹고, 먹자마자 곧 밤이 온다는 믿기 어려운 사실을 받
아들이기 위해 나도 잠을 청하기로 한다. 어느새 잠에 떨어
진 베트남 여자의 발바닥이 자꾸 내 오른쪽 엉덩이에 와닿
는다. 두 발을 자꾸 움찔거리기 때문에 신경이 곤두선다. 그
러나 그녀는 이미 나를 한없이 친절한 한국 여자로 믿고 있
다. 베트남 여자가 깨어나 두 손으로 내 다리를 올려놓으
라 한다. 베트남 말도 영어도 아닌 말을 중얼거리며 서슴없
이 내 종아리를 쓰다듬기까지 한다. 그러나 이번에는 내 발
이 그녀의 엉덩이에 닿을까 염려돼 무릎을 구부리고 온 신
경을 거기에 쏟느라 잠을 잘 수가 없다. 다시 내 다리를 내
려놓고 그녀가 다리를 올려놓는다. 나는 내 엉덩이 옆에 쿠
션을 갖다 댄다. 그러나 그녀의 움찔거림은 쿠션을 통해 더

예민하게 전달되어온다. 좀 가만히 있으라고 말을 해야 할까. 스튜어디스가 와 조용히 묻는다. 뒷자리의 누군가가 이 옆의 빈자리로 옮겨오고 싶다는데 괜찮겠느냐고. 나는 웃는 얼굴로 아니, 이대로 괜찮다고 말한다. 복권 당첨의 확률로는 아니지만 가끔은 내게도 행운이 오는데, 그 행운 차버리면 또 무슨 일이 닥쳐올지 누가 알겠는가.

여름 아침

벗은 채 얇은 시트를 감고 있었다 창밖에서 빗방울 떨어지는 소리 들리고 한없이 게으름을 부려도 되는 일요일 아침

무슨 복록을 쌓아두었기에 당신의 집 울타리엔 그리 붉은 꽃이 피어 지붕 높이까지 기어오르고 있었는지요

살갗을 스치는 손길처럼 부드럽게 커튼 한 자락이 가볍게 움직이고 빗방울 떨어지는 소리 한적해서 다른 별에 내린 듯한데

무슨 슬픔 쌓아두었기에 우리 사는 여기 파도에 휩쓸리는 해초처럼 일렁이고, 바퀴들 닿지 못할 곳으로 달려가고 있는지요

살갗에 닿는 빗소리의 이 여름 아침은 분명 구체적으로 이곳 세상의 시간인데

오늘이 불이라면 내일은 연기, 두개의 해골처럼 수척해
진다 해도 오늘이 불이라면 내일은 연기

원고와 궤도

서류 문제로 미국의 휴 페레와 이메일을 주고받았다. 그런데 내가 '원고'를 첨부한다는 말 대신에 '궤도'를 첨부한다고 써 보낸 것이다. 뒤늦게 정정하는 메일을 보냈다. 내 허술한 영어를 이해해달라고, 뭣 때문에 이를 혼동했는지 알 수 없다고 덧붙였다. 답장이 왔다. *오늘 인공위성이 지구로 돌아왔는데 그 옆에 빈자리가 하나 있더라. 아마 네가 예약한 자리였나보다.*

그 자리에 앉힐 한 인물을 생각했다. 이름은 제니퍼라고 아니 제니라고 했다. 베란다 화분에 떨어진 씨앗 하나가 어쩌다 싹이 텄고 그날은 덩굴손을 뻗어 허공을 휘저어 올라가려고 했다. 제니도 그렇게 실수로 생겨난 인물이었다. 제니가 자라나며 말하고 뛰고 사랑하고 날기까지를 바랐는데, 그러나 그는 내 생각을 따르기는커녕 고집스럽게 지지대만 붙잡고 뻗어갔다.

학교 앞 울타리에는 언젠가부터 장미넝쿨 대신 능소화가 뻗어가고 있었다. 학기가 끝나는 종강 날에 능소화야 다음

학기에 보자 눈짓하면 흥, 다음 학기에도 볼 수 있을까, 시
간강사는 시간강사만큼만 학교 울타리 꽃을 볼 수 있는 거
야, 나를 비웃었다. 제니도 그런 식이었다. 제멋대로 뻗어가
더니 어느날은 꽃도 피기 전인데 푹 꺾여버렸다. 몹시 더운
날이었다. 물을 주는 것을 잊은 나를 탓하며 뒤늦게 듬뿍
뿌려보았지만 소용없었다. 실수로 피어나려다 만 쌍떡잎식
물, 제니는 말하자면 잠깐 왔다가 침몰한 순간의 돛배였다.

군포라는 곳

모친이 울면서 전화했다. 아버지가 집 앞에서 사라졌다고. 나는 경찰서에 노인 실종 신고를 했다. 형제들과 전화로 싸우면서 아버지를 찾아 헤맸고 하루 뒤 노인은 전철역에서 발견되었다. 그동안 거기서 뭐 하셨느냐고 물었더니 군포에 가려고 했다고 한다. 아버지가 사는 곳은 일산구 주엽동, 군포에는 왜 가려 했느냐고 물으니 집에 가려고 했다는 것이다. 아버지가 집이라 생각했던 군포, 집은 왜 군포에 가 있는 것일까. 고향도 아니고 타향도 아닌 군포, 삼국시대 그 이전부터 군포였던 군포.

군포시가 도시 정체성 확립을 위해 추진 중인 책 읽는 군포&가족이 행복한 군포 만들기 시책을 더욱 확대 시행한다고 밝혔다. 군포 시장은 우리 시 대표 시책인 '책 읽는 군포&가족이 행복한 군포 만들기' 사업은 전 공무원이 협심해 추진해야 할 일이라며 이같은 노력은 군포 하면 '책'과 '행복' 그리고 '철쭉'을 떠올리게 만들 것이며, 시민들의 삶의 질을 지속적으로 높일 것이라고 말했다.

행복한 군포 만들기에 총력을 다하고 있는 군포, 맛집 '불타는 곱창'이 있고, 성공운을 족집게처럼 내주는 용하보살이 사는 군포, 지역예술문화를 선도하고 앞으로 가야 할 방향을 올바르게 잡으려고 예총회관도 지었다는 군포.

전지작업으로 가지가 몽땅 잘려나간 대머리 가로수 위에 까치가 보금자리를 지으려고 뭔가를 물어 나르고 있다. 잘려나간 그 가지, 작년의 그 자리에 까치는 둥지를 꾸며보려고 물고 온 대들보를 허공에 걸쳐놓는데 떨어지고 또 떨어진다. 허공중에 올려놓으려던 까치집도 집은 집이라고 까치는 굳게 믿는다, 포기하지 못한다.

그런데 왜 갑자기 집은 군포로 가게 된 것일까, 도대체 왜 집이 무작정 무작정 군포에 가 있는 것일까.

모기를 데리고

내 눈 속에 모기가 살고 있다는 걸 알게 되었다. 어느날은 모기 때문에 눈을 감을 수도 잠을 잘 수도 없었다. 의사에게 갔다. 그냥 함께 살아야 돼요. 당신 같으면 눈 속에 모기를 데리고 살 수 있겠어요? 의사인 나도 어쩔 수가 없는 걸요. 다행히 모기는 내가 애써서 보려고 하지 않으면 안 보였다. 그런데 눈동자를 돌리며 찾아보면 분명 투명한 날개를 휘저으며 날고 있었다. 다른 안과병원으로 갔다. 언제까지 이러고 살아야 하나요? 죽을 때까지 갈 거예요, 포기하세요. 의사들은 다 똑같군.

그런데 어느날부터인가 모기와 함께 타이핑도 할 수 있었고 비행기를 탈 수도 있었고 옆자리의 사기꾼과 외국어로 떠들기까지 했다. 감옥에서 칠년 동안 천권의 책을 읽었다는 사기꾼. 사기꾼은 읽은 책을 센다. 쨍그랑 잔을 부딪치며 윙크를 한다. 사기꾼의 눈에서도 모기가 왱왱거리고, 모기를 눈에 넣고 수면 상태로 진입할 수도 있게 되었다. 뿐만 아니라 전화벨이나 현관문 소리에 귀를 기울이다가도 올 때가 됐는데 초조해하며 기다리기까지 했다. 정말 귀찮고 귀찮은데 이젠 그가 없으면 심심하고 외로워서 종일 눈까풀만 깜박거리는 날도 있었다. 모기들이 천사처럼 눈동자 속에서 휙휙 테니스공을 주고받는 걸 구경하면 윔블던 테니스 대회를 쳐다보는 영국 여왕처럼 멍청한 기분이 되기도 했다. 눈을 깜박일 때마다 어찌나 빠르게 공을 주고받는지, 한번 더, 듀스, 받아쳐, 러브게임으로 끝낼 거야? 참견하고 싶기도 했다. 그러다 모기가 사라진다면, 죽어버린다면? 병원 영안실에서 통곡을 하는 상복 입은 나를 상상하기도 했다. 별일이다.

북두칠성

열쇠로 문을 열고 들어갔다. 창문은 모두 꼭꼭 닫혀 있고 커튼까지 드리워져 있었으나 어디서 먼지들이 숨어들어왔는지 식탁 위 유리가 모래먼지로 덮여 있었다. 유리 위에는 무언가를 잡았다 놓은 손자국이 있었다. 새끼손가락이 구부러져 유리에 닿았던 흔적, 그런데 그 모양이 작은 남녀가 끌어안고 있는 모습이었다. 좀처럼 떨어질 것 같지 않은 그들 머리 위로는 바닷가 모래알들이 펼쳐져 있었고, 한사람의 시선은 먼 하늘 북두칠성을 향하고 있었다.

전에 큰집 가는 언덕에서 보았던 북두칠성, 볼 때마다 무서웠는데 왜 그랬는지 모르겠다. 거대한 시선이 무심하게 일상을 내려다보고 있었다. 이 세상에는 아무런 관심도 없는 별들이 왜 우물 속에는 덜렁 들어가 빠져 있었던 것인지. 무심한 별들을 이어 선을 긋고 큰 곰이다, 작은 곰이다, 국자다, 왜 상상의 그림을 그리게 하나, 사랑에 빠져 게으름을 부렸다고 견우직녀는 만나지도 못하게 해놓고 왜 연중 한번만 까막까치를 시켜 다리를 놓나, 그들의 이마를 딛고 건너느라 까막까치들 머리까지 벗어지게 해놓고.

친구가 전화로 자기 집에 가 제발 살림살이들을 치워달

라고 해서 간 것이었다. 왜 그래야 하는데? 그런 것은 묻지 말고 제발, 왜, 왜냐구? 사실 우린 헤어졌어, 다시는 안 볼 거야, 엄마가 그렇게 반대해도 죽도록 좋다고 도망가 살던 때는 언제고? 후회하고 있어, 엄마도 알고 있어? 아니, 몰라 아직은, 누구 밥통 필요한 사람 있으면 갖다줘, 국자도 가져가줘, 그가 집어던진 국자가 거기 걸려 있을 거야, 자꾸 생각나, 우리 집에도 국자 같은 것은 여러개 있어, 필요 없다구. 그런데 다시 보니 끌어안고 있던 그 남녀는 이젠 물풀에 붙어 흔들리는 해마로 보였다. 흐느끼는 것 같았다. 그 집 지붕 위에 떠 있는 그 북두칠성은 어떻게 거기 올라가 엎어져 있는 것인지, 도대체 난 무슨 말을 해야 하는지 모르겠다. 북두칠성 무섭다. 그건 사실이다. 필요도 없는 국자를 그 집에서 하나 가져오기는 했는데 버렸다. 뭔가 한심했다. 그 국자를 볼 때마다, 북두칠성을 볼 때마다.

해삼내장젓갈

해삼은 이 집 주방이 두렵다. 칼이 무섭고 도마도 무섭다. 건드리면 지레 겁먹고 얼른 뭔가를 내놓는다. 한줄뿐인 내장에 이상한 향을 품었다가 위험이 닥쳐오면 재빨리 내장을 쏟아놓는다. 창자만 가져가시고 몸은 살려달라는 최후의 협상 카드를 내미는 것인데, 인간 세상 협상 대신 내장 빼앗고 해삼 반으로 잘라 양식장에 던져놓는다.

나도 당신이 두렵다. 두려움과 그리움 구별할 수가 없다. 어젯밤 당신 내게 왜 그런 소포를 부쳐왔는가. 우편물이 왔다고 해서 문을 열었는데 거기 묶인 꾸러미 위에 희미하게 당신 이름 적혀 있었다. 당신이 내게 뭘 보낼 리 없는데, 어떻게 내 주소는 알게 됐을까 풀어보려는 순간, 이름 희미해지며 다시는 보이지 않았다. 이런 건 대개 꿈 아니면 백일몽이다. 두려움과 그리움은 눈 비비며 같은 구덩이에 산다. 그것들 소포 꾸러미처럼 가끔 날 찾아왔다가 순식간에 녹아내린다. 당신들 내게 그렇게 호의적일 리 없지, 내가 내 속을 긁어내 환상의 꾸러미를 만들건 말건, 내장 긁어내 보였다 다시 삼키건 말건. 어쨌거나 해삼, 어느 여름날 새끼줄

에 묶어 데려갔다가 흔적 없이 녹아내린 적 있었다. 분하고
원통한 것은 해삼인지 나인지.

　그나저나 나는 시 같은 걸 쓴다. 별로다. 나는 시 같은 걸
쓰지 않는다. 그것도 별로다. 한밤중이다. 그건 괜찮다. 바
위틈으로 기어들어 부풀리고 굳어져서 아무도 꺼내지 못하
게 할 테다. 그러나 다시 내장 빼앗기고 반으로 잘려 던져
지는 해삼의 밤이다. 믿는 도끼가 발등을 찍고 찍는 밤이다.
간이고 창자고 쏟아놓고 기다려주마. 이 내장 삭아 젓갈 되
면 그 아득한 맛에 헤어나지 못할까. 헤이, 미식가 여러분,
세상이 한판에 녹아내릴까.

시는 산문의 외피를 입고
어떻게 시임을 주장하는가

조재룡

> 시인일 것, 심지어 산문으로라도.
> ─샤를 보들레르

산문이 시가 될 수 있을까? 산문은 어떻게 시의 탈을 쓰는가? 산문은 무엇이며, 시는 산문의 외피를 입고서 어떻게 시임을 주장하는가? 낯설 것도 없는 물음들이다. '산문시'라는 장르를 알고 있다고 믿기 때문이다. 산문시는, 그러니까 저항이나 의문 없이도 흔히 선택되었던 시의 보편적인 형식이자 벌써 한갈래인 것이다. 행갈이 없이 문장과 문장을 이어붙인 시라고 여기면 고민은 벌써 끝나야 했을지도 모른다. 인쇄활자의 배열 방식과 연관된 용어이지만, 산문시의 정의와 관련하여 '타이포그래피'가 기준이 되는 것은 불가피한 측면이 있다. 시의 관점에서 접근하면 산문시는 그저 행갈이 없이 문장을 이어붙인 단락 구성에 충실한 시이고, 산문의 눈으로 바라보면 산문의 틀 안에서조차 시적 기미를 보이는 글 정도일 것이다.

시도가 없었던 것도 아니다. 최남선은 산문의 외형을 운문으로 위장한 일련의 계몽시를 선보였고, 주요한은 타오르는 정서와 끓는 마음을 "오오 다만 네 확실한 오늘을 놓치지 말라"(「불노리」)라고 어설프게 마무리하면서도, 한편으로 "장안의 거리를 東西로 흘러가는 葬事 나가는 노래"(「눈(雪)」)를 산문(의 형식)으로 읊고자 했는데, 이는 프랑스에서 건너온 상징주의의 일본식 변용에서 크게 영감을 받은 것이었다. 둘 다, 보들레르 이후의 산문시, 즉 시와 산문의 대립적 관점을 근간부터 흔들대며 파격을 모색하고, 시의 이론과 그 가능성을 캐묻는, 그러니까 시적인 것이 무엇인지를 따지고 파고드는, 비평의 공간에서 "영혼의 서정적 약동에, 몽상의 파동에, 의식의 소스라침에 적응할 수 있을 만큼 충분히 유연하고 충분히 거친 어떤 시적 산문"(보들레르 『파리의 우울』 '서문')을 창출하고자 시도한 결과는 아니었다는 말이다.

산문(prose)은 'prosa'를 어원으로 한다. 똑바로 앞을 보고 나간다는 말이다. 산문은 로고스의 질서를 구축하려 하염없이 전진을 꾀하는 글이다. 산문시가 등장하기 전까지 시와 동의어로 여겨진 운문(vers)은 'versus'를 어원으로 삼는다. 지속적으로 되돌아온다는 뜻이다. 그럼, 산문시는?

직진하는 산문에서 어딘가로 되돌아오는 시의 속성을 담보해낸 경우, 더욱이 그 되돌아옴이 운문의 규칙성이 아니라 산문의 전진을 멈추게 하거나, 직행하는 그 속도와 곧고 바른 산문의 품에서 독특한 회전의 고리를 만들어낸다면 운문과 산문, 시와 산문을 대립시키는 이분법의 망령에서 잠시 빠져나올 수 있을 것이다. 시의 미토스는 이때 산문적 질서, 즉 로고스의 억압 아래서 기각되는 것이 아니라, 새로이 창출되어야 하는 시적 징후이며, 이런 의미에서 『개천은 용의 홈타운』은 산문시의 이상에 부합하고 그 이상의 실천에 근접한 경우로 봐야 할 것이다. 흔히 산문시는 낯선 장르가 아니라 모두 그 주인이며, 누구나 써왔던 시라고 생각하므로 최정례의 근작이 발표될 때마다 우리는 갱신을 거듭하는 그의 힘겨운 몸짓을 좀처럼 감지하지 못했다. 그러나 여기 우리 앞에, 기획의 산물일 뿐만 아니라, 시적 의식을 확장하고 넓혀내고자 한 사투의 결과라고 말할 작품이 당도했다. 문제는 간단하다. 그의 산문이 어떻게 시가 되는지를 해명하는 일.

1. 시작에서 끝으로, 끝에서 다시 시작으로, 회전하라

우연을 다루고 또 다투는 방식에 관해 말하기 전에, 최정례에게 우연은 거개가 알레고리의 화신이라는 사실을 언급해야 한다.

서류 문제로 미국의 휴 페레와 이메일을 주고받았다. 그런데 내가 '원고'를 첨부한다는 말 대신에 '궤도'를 첨부한다고 써 보낸 것이다. 뒤늦게 정정하는 메일을 보냈다. 내 허술한 영어를 이해해달라고 뭣 때문에 이를 혼동했는지 알 수 없다고 덧붙였다. 답장이 왔다. *오늘 인공위성이 지구로 돌아왔는데 그 옆에 빈자리가 하나 있더라. 아마 네가 예약한 자리였나보다.*

—「원고와 궤도」 부분

착오로 잘못된 문장을 적어 보낸 영문 메일에 재미있는 답장이 온다. 묘미는 "원고"(draft)를 "궤도"(orbit)로 적어 보낸 내 실수에 있는 것이 아니라 유머에 충만한 상대의 답신이, 텍스트가 종결을 고하고 이야기의 막을 내린 후에도 한없이 되돌아오는 파장을 만들어낸다는 데 있다. 결론부터 말하자면, 시를 다 읽고 난 다음에도 처음으로 되돌아오게 강제하는, 그러니까 글이 직진하지 못하게끔 방해하는 어떤 장치가 작품의 서두에 이미 마련되어 있다고 해야 한다. 회전의 얼개는 이렇다. 메일의 답신을 보고 '나'는 "빈자리"에 앉힐 "실수로 생겨난 인물"을 상상하게 되었고 상

127

상의 인물 '제니'가 "자라나며 말하고 뛰고 사랑하고" 자유롭게 날기를 바란다. 그러나 현실은 '제니'에게나 '제니'에게 투사된 '나'에게나 형편과 처지가 야릇하다. '제니'는 "고집스럽게 지지대만 붙잡고 뻗어"갈 뿐이다. 그러나 마지막 연에 이르러 '제니'에게 피력해놓은 소소한 희망은, 나의 의지와 상관없이 직장이 나를 규정하는 모순으로 가득한 현실의 '룰'에 대한 반발감과 서로 충돌한다. 이 얄궂은 처지와 기묘한 심정은 곧이어 "능소화"가 보내오는 조소에 가까운 "눈짓"으로 전이된다. 문제는 이와 같은 수준에서도 회전이 종식되지 않는다는 데 있다. 이윽고 '제니'의 이야기로 되돌아오기 때문이다. "제니는 말하자면 잠깐 왔다가 침몰한 순간의 돛배였다"라는 대목이, 첫 구절 "그 옆에 빈자리가 하나 있더라. 아마 네가 예약한 자리였나보다"와 공명하면서, 저 "빈자리 하나" "실수로 생겨난 인물" 한명, 고단한 내 현실의 빈 곳, 이 셋을 하나로 묶어내는 뛰어난 알레고리가 탄생한다는 사실을 놓치면 이 시의 매력은 사라지고 만다.

알레고리로 시 전반이 단단히 붙들리기 시작하면, 산문은 더이상 직진을 고집하지 못하게 된다는 사실에 주목해야 할 필요성이 여기에 있다. 독서도 마찬가지이다. 앞서 읽었던 지점으로 어쩔 수 없이 되돌아갈 수밖에 없는 처지에 놓이게 될 때, 산문의 직진성이 청구하는, 저 예정된 이해의 수순에서 벗어나게 될 때, 논지의 널름한 전개로 깔끔하게 마무리되는 독법은 시에서 한치도 허용되지 않는다. 되돌아가야 하는 지점이 그렇다고 여운만을 남기며 시나브로 사라지는 것도 아니다. 다시 원점으로 회귀하는, 그러니까 속된 말로 '빠꾸한다'고 할 때의 저 성기고 강력한 회귀의 운동이 독서 전반을 제어하면서 고유한 어법으로 자리를 잡는 것이며, 이와 같은 순간을 맛보고 나면 우리는 최정례의 저 "빈 자리"가 기실, 회귀나 회전의 미토스이자, 산문의 직진에 맞서 역행할 반역의 고리로 기능하면서, 산문 자체의 어원적 특성을 기각시키는 독특한 장치라는 사실을 인정하고 말게 된다. 말하자면, 이 회전의 고리는 조직적으로 산문의 논리에 반발하는, 그러나 산문에서 시를 모색하게끔 도움을 주는 역발상의 진원지이자, 산문의 정연한 체계와 가지런한 질서를 교란하여 그와 같은 지경에다가 우리를 위치시키는 역할을 수행하는 것이다. 최정례의 산문시는 대부분 교란과 방해의 전파를 뿜어내는 이 레이더 장치를 통해 산문의 시로서의 가능성을 타진하는 데 바쳐진다. 이러한 산문시의 고유성을 상세히 살펴볼 필요가 있겠다.

폐기물이 된 인공위성이 지구를 향해 떨어지고 있었다. 어디에 떨어질지 모른다. 아메리카, 유럽, 아시아 어디쯤인지. 한국은 작은 나라라서 그 확률이 적다고 한다. 휴, 다행이다. 그러나 버스만 한 크기라고 했다. 버스만 한 쇳덩이가 공중에서 달려오고 있다.

몇분 전에는 새해 복 많이 받으세요라는 문자를 받았다. 이상하다, 지금은 9월이고 오늘은 28일인데, 너무나 바빠서 새해가 된 것도 모르고 있었단 말인가. 그러고 보니 늘어선 가게들이 문을 닫고, 떠도는 공기가 냉랭하고, 사람들의 발걸음이 몹시도 빨라졌다. 어느새 해가 바뀌었단 말인가. 내가 뭔가 착각하고 있는 것 같다. 지나가는 사람에게 물어보았다. 오늘이 며칠인가요? 그는 나를 아래위로 한번 쳐다보더니 그냥 가버린다. 폐인공위성이 떨어지면서 갑자기 이상한 시간이 도래했는데, 모두들 다 무사한 것처럼 살아간다.

폭설 다음 날 흔적도 없이 사라졌던 눈처럼 시간이 뭉텅 사라져버렸다. 망가진 인공위성이 공중을 달려오는 사이 나는 전에 살던 사당동 708번지를 지나고 있었다. 집은 온데간데없고 거기엔 이수역 7번 출구가 서 있다. 그럴 리 없다. 내 기억이 고집스럽게 그걸 인정하지 않고 있다. 기억은 직조하듯 잘 나가다가도 느닷없이 움찔한다. 그 집은 가압류당했다가 결국 날리지 않았던가. 벌써 수십년 전 얘기를 마음이 짜나가다가 찢는다. 전철 문이 스르르 열려 사람들을 뱉어놓고 다시 닫힌다. 근처를 지나던 블랙홀 속으로 나의 일부가 뭉텅 빨려들고 있다.

──「이수역 7번 출구」 전문

　　주목해야 할 것은 "폐기물이 된 인공위성"이 작품의 첫 구절이자 마지막 구절을 예고한다는 점이며, 단순한 반복이 아닌, 회전과 회귀의 운동을 통해 응축된, 텍스트 전반을 조율하는 모체(matrix)로 기능한다는 사실이다. 이 "인공위성"은 "확률" "떠도는 공기" '우연한 문자 메시지' "이상한 시간이(의) 도래" "어떤 착각"을 차례로 빚어내면서, 궁극적으로는 시 전반을 조율해나가는 공통의 핵이자 동력이라고 봐야 한다. 우연을 다루는 최정례의 뛰어난 능력은 바로 이 모체를 통해, 한치의 오차 없이 이야기를 제어해나가는 데 있다. 텍스트의 여기저기에서 모체에 교신을 보내는 답신과도 닮은 신호를 보게 되는 것은 시의 첫 구절에 이미 마지막의 운명이 예고되어 있기 때문은 아닐까? "온데간데 없"는 현실을 인정하지 않으려는 저 태도와 바뀌기 전의 제 모습을 '지금'이라는 농축된 시간에 불러내는 "기억"이 하필 "직조하듯 잘 나가다가도 느닷없이 움찔"하게 만드는 것도 간과할 수 없다. 이는 반드시, 가압류를 당했던 쓰라린 경험 때문만도, 더구나 이 경험이 "폐기물"같이 쓸모없어졌기 때문만도 아니다. 중요한 것은, 우연 이외에는 설명할 길이 없는 "지구를 향해 떨어지고 있"는 "인공위성"이 작품 전반을 제어하는 모체로 기능하면서, 작품에 제시된 술어나 종결어미, 예컨대, "떨어진다" "~했다" "이상하다" "빨라졌다" "가버린다" "사라진다" "지나고 있다" "그럴 리 없다" 등을 비끄러매고 마침내 하나로 운집시키는 힘을 발휘한다는 것이다. 우연은 따라서 '열림'과 '닫힘'처럼 2분의 1의 확률 중 하나에 내기를 거는 방식으로 다루어지지 않는다. "수십년 전 애기를 마음이 짜나가다가 찢는다"며 한껏 고조된 감정을 내려놓고, "전철 문이 스르르 열려 사람들을 뱉어놓"는다는 구절을, 태연을 가장하여 기술해놓은 바, 오히려 최정례는 찢고 열리는 한 순간의 으스스함을 공포로 배가시키는 솜씨로 "인공위성"의 알리바이를 되살려내는 데 성공하는 것 아닐까? "다시 닫힌다" 이후에 "근처를 지나던 블랙홀 속으로 나의 일부가 뭉텅 빨려들고 있다"고 덧붙여 시인은 지금까지 끌고 온 산만한 이야기를 결집시키는 동시에, "폐인공위성"의, 하강하며 폭발하는 이미지도 한차례 더 고조시키는 것이다.

최정례의 시에서 산문의 시로서의 가능성이 타진되기 시작하는 것은 바로 여기이다. 산문은 잡다한 주제를 가지고 출발하여, 이러저러한 이야기를 풀어놓고, 무언가를 묘사하여, '흩어진 글'(散文)이라는 어원을 다각도로 구현하는 것 같지만, 오히려 모체의 부름을 받아 끊임없이 원점으로 되돌아가고 흩어짐을 구심점 하나에 붙들어매는 저 시적

특성이, 뻗어나가려는 직진의 관성을 분산시키면서, 로고
스의 질서 안으로 이야기를 편입시키는 관성에 최대한 제
동을 걸고 있는 것이다. 기획의 소산이라고 볼 수밖에 없는
이 시집 그 어디를 뒤져도 결과는 매한가지이다. 산문은 결
국 말 그대로의 흩어진 글이 되지 못하며, 그렇다고 하염없
이 직진을 꾀하는 이야기를 덜컥 움켜쥐지도 못한다. 이렇
게 해서, 산문은 바로 시의 경지를 넘본다. 산문시의 고유성
을 위해 고안된 것은 운문의 규칙성을 산문의 형태 안으로
이식하는 행위가 아니라, 로고스의 질서를 무너뜨리는 회
전-회귀의 알레고리인 것이다.

2. 이질적인 것을 한곳에 머금어 집결시켜라

『개천은 용의 홈타운』은 시의 성립 가능성을 산문에서
타진하기 위해 던진 새로운 출사표인가? 되돌아오는 장치
를 고안하여 흩어지는 산만함을 한곳에 결속시키기 위해
이 산문시가 알레고리를 필요로 한다는 사실을 다시 언급
해야 할 것만 같다. 직진하는 산문의 운동성에 브레이크를
거는 일은, 이야기의 흐름을 방해하거나 이야기 안에 다른
이야기를 끼워넣는 식의, '메타디에게시스'와 같은 서사 기
법을 의미하는 것이 아니기 때문이다. 기억-과거, 일상-경

험이 파편과도 같은 이야기 속에서 독특한 방식으로 되감기면서, 이질적인 것을 한곳에다가 가두어놓으려는 어떤 순간을 만들어내면, 끓고 있는 밥솥의 압력과도 같은 긴장이, 아주 짧다고 해야 할 그 순간에 한껏 차오르고 만다. 느슨하게 전개되던 이야기에 조금이라도 틈이 생기면 그 틈을 파고들어 지뢰를 심어놓고, 다소간 전개를 허용한 이후, 이 지뢰를 다시 하나로 끌어모은다. 이 지뢰들이 제각각 터지면서 로고스의 질서를 금가게 하고, 흩어진 지뢰의 파편들을 한곳에 담아두려는 순간은 시에서는 최대치의 주관성을 분출하는 순간이기도 한 것이다. 예컨대 상이한 이야기를 담고 있는 듯한 각 연이, 하나로 수렴되면서, 예기치 않은 매우 짧은 순간의 긴장감을 우리 앞에 펼쳐놓는 이 독특한 방식은 최정례가 산문시의 이상을 실현하기 위해 고안한 것이다. 무슨 말인가?

꿩을 먹어본 적이 없다. 그런데 이상하게도 꿩고기를 먹어본 것만 같다. 오늘은 푹푹 찌는 날이다. 밖에서 요란하게 잔디 깎는 소리가 들린다. 하필 오늘 같은 날 잔디를 깎는담, 너무 더워 창문을 닫을 수가 없는데 아파트 화단에서 풀 깎는 냄새가 7층까지 올라온다.

목적도 모르고 차를 타고 달렸던 날이 있었다. 갑자기

소나기가 억수로 쏟아졌다. 아무리 와이퍼를 빠르게 작동해도 앞이 보이지 않았다. 차창에 퍼붓는 비가 차 안을 아늑하게 했다. 그는 묵묵히 운전 중이었고 나는 길가에서 그 비를 맞고 서 있는 '자고새 농장'이라는 간판을 보고 있었다. 그때 붉은 흙길 위로 튀어오르던 비 냄새가 왜 코끝에 생생한지 모르겠다.

이 냄새는 짓뭉개진 풀에서 나는 초록의 피 냄새다. 꿩고기를 먹어본 적은 없다. 자고새, 자고새, 자고새는 꿩이아니다. 자고새가 화살에 꿰인 채 피 흘리는 그림을 본 적이 있다. 그것이 꿩과 무슨 상관이란 말인가. 언젠가 어느식당에선가 꿩을 넣었다는 꿩만두를 팔고 있었다. 꿩만두 속에 푸릇푸릇했던 그것, 무슨 목적으로 돋아났던 풀이었을까, 망각의 나라에서 그 초록 풀들 일제히 돋아나는 날 있을 것이다.

기차역에서도 무조건 기다리기만 하면 기차는 온다. 그 푸릇한 기억 기다릴 테니 달려와 일렬로 서보라. 꿩고기를 먹어본 적은 없다. 아니다. 나 꿩 먹어본 적 있나? 다시 꿩 귀 먹은 소식에게 물어봐야겠다.

─「망각의 풀밭에서」 전문

작품의 첫 이야기는 "꿩을 먹어본 적이 없다" "잔디 깎는 소리가 들린다" "풀 깎는 냄새가 7층까지 올라온다" 이렇게 세 구절을 근간으로 한 현재를 배경으로 진행된다. 두 번째 이야기는 "차를 타고 달렸던 날이 있었다" "소나기가 억수로 쏟아졌다" "'자고새 농장'이라는 간판을 보고 있었다" "흙길 위로 튀어오르던 비 냄새가 왜 코끝에 생생한지 모르겠다"를 골간으로 한 과거의 경험일 것이다. 문제는 거개가 묘사에 해당된다고 해야 할 셋째 연, 즉 세번째 이야기에서 발생한다. 첫 연의 잔디 "냄새"와 둘째 연의 비 온 후에 번져나온 "냄새", 이 둘이 충돌하면서 '합'이라고 할 어떤 지점이 도출된다. 이윽고 어느 "냄새"를 지칭하는지 구분이 묘연한 상태에서, 베어나간 풀-짓뭉개진 풀-초록-피-꿩-자고새-잔디-붉은 흙길 등이 하나로 뒤엉키면서, 지금-여기에서 열리는 '순간의 시간'이 작품을 물들이기 시작한다. 시제의 측면에서나, 경험의 강렬함에서나, 주제의 특성으로 보나, 이질적이기 그지없는 요소들이 "자고새가 화살에 꿰인 채 피 흘리는 그림" 한점 안에 일시적-순간적-압축적으로 담겨, 물과 기름처럼 섞이기 어려운 것들을 뒤섞은 다음, 꼼짝 못하게 한곳에 가두어놓음으로써 긴장의 최대치를 조성해내는 것이다. 최정례가 '기획'한 산문시의 저력과 고유성이 여기에 있다. 시제는 이제 중요하지 않을 뿐만 아니라 인과나 추이도 견인할 수 없게 되며,

묘사가 압권인 듯해도 사실 시의 무게중심은 벌써 이질적인 것의 버무림, 그 혼재하는 상태로 이전한 이후이다. 섞일 수 없는 것들의 하나 됨을 꿈꾸며 넘나본 새로운 지평은 이렇게 그림 한점에 오롯이 농축된 상태에서 열리고 만다. 현재와 과거가 충돌하는 무시제의 공간이 생겨나, 산문의 전진하는 시간(즉, 흐름에 충실한)을 부정하는 일에 착수하면, 시의 지금-여기는 이질적인 것들을 잔뜩 머금고 어떤 폭발을 준비하는 하나의 그림처럼 재현되어, 산문이 미처 대비하지 못한 예기치 않은 사태를 조장해내는 것이다. 물론 그곳이 종착지는 아니다. 이러한 긴장감 속에서 맞이한 마지막 연을 보자. 기억이라는 알레고리가 작품 속의 다양한 소재들을 다시 한번 하나로 얽어내는 순간이 바로 마지막 연에서 도래하기 때문이다. 모든 것을 기억의 문제로 치환해내는 행위가 이와 같은 수순과 절차 속에서 진행될 때, 이 기억을 우리는 시간에서 자유로운 기억, 이야기의 기억과는 상이한 기억, 예컨대, 지금-여기에서 되살아난 "푸릇한 기억"이라고 부를 수 있을 것이다. 그럼 산문을 방해하는 회전의 고리는? 여기까지 읽은 독자를 기다리는 것이 다시 등장한 "꿩"이라는 사실을 간과할 수는 없는데, 그것은 이 "꿩"이 첫 연의 그것으로 되감기는 듯해도, 이미 동일한 "꿩"이 아니기 때문이다. 이 "꿩"은 상이한 기억들이 공존하는 근원의 "꿩", 아파트의 "풀 깎는 냄새"와 "흙길 위로 튀어오르던 비 냄새" '피 흘리는 자고새'의 기억을 머금은 상태에서 시인이 일상에서 행해지는 "망각"에 대항하고자 주조해낸 "꿩"으로서, 이질적인 사물, 이질적인 기억, 이질적인 경험, 이질적인 풍경을 한곳에 그러모은 후, 텍스트 전반을 다시 배치하고 조율해내는 알레고리로서의 제 기능을 유감없이 발산한다. 그런데 우리는 대체 어디쯤 와 있는가? 첫 연의 서두, 즉 "꿩을 먹어본 적이 없다"로 어느새 되돌아온 것은 아닌가? 최정례의 "망각의 풀밭"은 이렇게 "꿩 귀먹은 소식"이 되어 한없이 텍스트의 구석구석을 떠돌아다닌다. 그러면서 전진하려는 산문의 의지를 꺾어버리고, 산문의 순차적인 시제를 저버리며, 주제를 한없이 흩트리는 산문 고유의 특성을 실현한 후, 상이한 경험들로 채워진 기억 하나로, 이 흩어진 것들을 주관적으로 재편한다. 이제 우리는 어느덧, 산문이 시가 되는 문턱에 당도하였다.

「나는 짜장면 배달부가 아니다」 같은 작품에서도 압권은 텍스트 전반을 지배하는 모체로 기능하는 "부르기도 전에 도착할 수는 없다"는 마지막 구절이다. 무슨 말일까? "짜장면 배달부"는 제아무리 빨리 달린다 해도, 누군가 그를 부르지 않으면 달릴 조건을 부여받지 못한다. 이러한 발상은 "내가 그리려는 그림은 늘 누군가가 이미 그렸다"는 구절과 정확히 호응하며, 우리가 사는 현실이 그러한 아이러니로 채워진다는 시인의 생각을 반영한다. "부름을 받고 달려가면 이미 늦었다"는 것은 따라서 "짜장면 배달부"의 운명이나 직업의 한계를 표현한 것이기도 하겠지만, 텍스트 전반에서 '나도 그렇다'는 주장을 뒷받침해주는 알리바이이기도 하며, 물론 바로 이러한 사실을 깨닫는 순간 시인은 자그마한 불편을 느낀다. 예컨대 이 구절은 시인의 현재와 시인의 과거를 하나로 묶어내는 단단한 전언인 것이다. "짜장면 배달부"의 운명과 하고 싶은 일을 포기해야만 했던 자신의 심정을 적어놓은 도입부의 "대학 때는 국문과를 그만두고 미대에 가야 한다고 생각했다"는 구절이 시의 마지막 대목, "나는 짜장면 배달부가 아니다" 이후에 되살아나, 예의 그 회전의 고리를 창출해낸다는 데 있다. 현실에 상존하는 모순이건, 개인적 절망이 배어 있는 과거의 경험이건, 최정례의 작품에서 유심히 살펴야 하는 것은, 작품에 등장하는 모든 주제들이 곳곳에서 빙빙 돌면서, 그러나 유기적으로, 하나의 강력한 주제의식으로 관통되어, 산문의 직진성을 배반하고 로고스의 질서를 붕괴하려는 양태와 그 추이이며, 산문의 외형에 갇혀서도 시적 미토스의 고안에 봉사하고 있다는 점이다. 마치 산문에서 시적 기미를 성취해내는, 자신만의 감추어진 노하우가 있다는 듯이.

3. 서로 다른 것을 나란히 배치하며 근원을 넘봐라

이질적인 것들의 공존에 관해서, 아니 그것들의 합으로의 도출 과정에 대해서도 말을 아끼기 어렵다. 최정례의 산문시에서 시적인 기미는, 가령 「한짝」에서처럼 전혀 연관이 없는 두 주제를 나란히 연접시켜, 아무도 예상할 수 없는 지점을 고안할 때, 성립 가능성을 타진해나간다. 장갑 한짝을 잃어버린 일과 펭귄의 처절한 생존기를 다룬 다큐멘터리가 각각 이야기로 들어선다. 애당초 다른 이 두 이야기가 서로 텔레파시를 주고받기라도 한 것일까? 이 둘을 연결해줄 단서는 사실 "한짝"밖에 없다. 이질적인 두덩어리를 이어놓으면 무슨 일이 생기는 것일까? 생소한 잔상이 우리 앞에 도출되는 순간, 산문의 성립 조건이 차츰 삐걱거릴 것이라고 생각했던 건 아닐까? "장갑 한짝"을 잃어버린 매우 사소한 일과 "목구멍에서 먹이를 토해 부화한 새끼의 입속에 넣어줄 짝을 기다"리는 펭귄의 절박한 투쟁기를 절묘하게 이접시킨 이 작품에서도 중요한 것은 이접 자체가 아니라 여전히 산문시의 알레고리이다. 서로 상관없는 이야기들이 '잃어버린 짝'이라는 일상적인 상실의 사소한 계기 하나로 나란히 곁에 놓일 때, 산문 안으로 시가 침투할 힘도 마련된다고나 할까. 최정례에게 원형의 복원을 꿈꾸며 기원으로 거슬러올라가고자 하는 의지가 자리한다면, 이는

"쓰레기통"의 "커피 찌꺼기, 쭈그러진 종이컵, 비닐봉지"처럼 사소한 도시의 파편들로부터 "그곳이 어디인지 자신이 무엇인지" 캐묻는 물음으로 표출되지만, 이 의지가 보다 주관적이고 독창적인 목소리로 울려나오는 것은 작품의 내부에서 이질적인 것들이 끊임없이 교신하며 미지의 연결고리를 창출할 때이다. 『개천은 용의 홈타운』은 이처럼 생명에 대한 진지한 고찰과 "간판들, 창문들, 지붕들, 헐벗은 가로수들"로 가득한 현대 도시의 흔한 경험을 한곳에 불러모아, 두가지 이상의 기이한 언어, 두가지 이상의 생경한 풍경, 두가지 이상의 이야기를, 기이한 문법으로 서로 연동시켜, 충돌과 절충의 지대로 우리를 안내할 것이다. 최정례는 바로 이렇게 산문으로 시인이 될 가능성에 도전장을 내민다. "시인일 것, 심지어 산문으로라도"라는 보들레르의 주문은 최정례에게 산문의 시로서의 실현을 타진하는 꾸준한 시도이자 원대한 기획이 되어 되살아난다. 이렇게 그는 산문의 시적 전이를 꿈꾼다.

4. 아이러니와 중심 이탈로 시적 징후를 고안하라

예상할 수 없는 삶의 가혹한 기획에 대해 우리가 할 수 있는 일은 어쩌면 존재하지 않을지도 모른다. 그러나 이 현실이 여기가 끝은 아니라는 생각이 무언가를 고안할 계기가 되는 시인도 있다. 최정례가 산문시를 통해 우리에게 던지려는 물음은 그렇다고 봐야 한다. "뭔가를 기다리지만 기다릴 수 없다"(「나는 짜장면 배달부가 아니다」)는 역설, "난 널 혐오해, 네가 싫단 말이다, 꺼져버려"(「릴케의 팔꿈치」)라고 소리를 질러도 그와 동침을 해야 하는 아이러니, "금반지, 다이아몬드, 사파이어 따위의 돌멩이들은 어찌나 차갑고 딱딱하고 덜그럭거리던지 정말 귀찮았다"며 쥐가 뱉은 말을 "팔찌, 목걸이, 선물 받은 애들 돌반지들"(「쥐들도 할 말은 있다」)을 잃어버린 상황과 포개어놓아 비판의 화살을 무관한 제삼자에게 겨누는 에두르기 등은 최정례의 시에서 현실의 깊이를 궁리하고 폭을 넓혀내는 데 바쳐진다. 삶의 본질이 바로 이런 것이었다고, 바로 여기까지였다고, 우리의 기대는 늘 빗나간다고, "시간과 시간의 꿈은 마주 볼 수도 없"(「시간의 상자에서 꺼내어 시간의 가장 귀한 보석을 감춰둘 곳은 어디인가?」)다고 생각한 것일까? "너무나 낯설어 여기가 어디냐고 묻고 싶은데 물어볼 사람이 없"(「코를 골다」)다고 말하는 시인에게, "문득 정신을 차리고 보니 입구는 거기가 아니었다"(「입구」)라며 애써 제가 찾은 길을 반복해서 부정하는 시인에게, "부르기 전에 도착할 수도 없고, 부름을 받고 달려가면 이미 늦었다"고 말하며, "서성일 수밖에 없다"(「나는 짜장면 배달부가 아니다」)고 고백하는 시인에게, 우리는 무슨 말을 할 수 있을까? 그는 아름다운 꿈, 역설과 고통이 없는 삶은 그저 환상에 불과하다고, 그것을 부정하고자, 반듯하고 무탈한 산문에 제동을 걸면서, 하지 못했던 것, 하고 싶었던 일, 아름다운 풍경이 되지 못하는 척박한 현실을 제 붓끝에 담아 산문에서 시적 가능성을 탐색하는, 그러나 잘 알아주지 않는 모험의 길을 나선 척후(斥候)가 되고자 하는가.

　삶에서 의도와는 다르게 진행되는 것들, 기다림, 사고, 사소한 오해, 너무 이르거나 지나치게 늦을 수밖에 없는 일상, 문밖에서 서성일 수밖에 없는 이유에 관해, 자신의 사념을 포함하여, 이 모든 것을, 실제로 있었던 일이나 몸소 겪은 경험을, 곧이곧대로, 아니 그대로 적어놓았다고 말해야 하는 걸까. 엮어놓았다거나, 차라리 불편하게 묶어 우리 앞에 '툭' 던졌다는 것이 더 타당할 이 어색한 조합은, 죽음을 댓가로 해서만 다시 살아나는 아이러니를 다룬 「회생」 같은 산문을 시로 '회생'시킨다. 죽은 자를 대상으로 장사해, 제 삶의 터전을 일구어내야만 하는 사람들을 다룬 이 평범한 이야기는, "성수기"와 "비수기", '살기'와 '죽기'가 거꾸로 맞물려 발생하는 아이러니를 통해, 산문의 문턱을 넘어 시로의 이행을 꿈꾼다. 산문에서 시의 가능성은 제목 '회생'이 아이러니의 '모체' 역할을 수행하면서 본문을 지배해나갈 때 타진되기 시작한다. '회생'은 그 무슨, 기업회생, 법인

회생, 개인회생처럼, 망해가는 회사를 되살리거나 신용불량 상태의 개인을 구제해준다는 일종의 법률용어이다. 그런데 작품에서는 이 용어가 양가적인 모습(죽은 자를 살리기/기업회생)을 감춘 채, 망해가는 "장례식장"의 '회생'이라는 측면에서만 진행되었다는 점에 주목해야 한다. 우리는 그저 영문을 모른 채, "장례식장" 운영자의 암울한 사업 전망을 쫓아갈 뿐이다. 그러나 작품을 끝까지 읽은 후, '회생'(제목을 제외하면, 마지막에 등장한다)이 무엇일까 골몰하며 추정해보는 순간, 산문은 그간 묘사와 전개의 틀을 벗어나기 시작한다. 이 순간은, 되돌릴 수 없는 삶이나 죽음이 뿜어내는 이율배반의 세계로 진입하는 순간이기도 하다. 이렇게 우리는 다시 문두로 되돌아가, 제목에 대해 궁리해야 하는, 회전의 고리를 체험하게 된다. 그렇게 하는 동시에 '회생'은 사실 양가적이지는 않다는 사실도 명백해진다. 양가성은 아이러니에게 제 자리를 양보하여, 제 가치를 상실하게 되고, 산문의 가파른 전개와 구어 투에 힘입은 간결한 진행은, 비판적 시선을 통해 견인될 진지한 사유의 공간 저 뒤로 물러나 앉아, 차츰 주춤거리기 시작하는 것이다. 이 작품에서 눈여겨봐야 하는 것은 결국 산문, 바로 그 이후에 남겨지는 무엇인 것이다.

산문에서 시를 고안하려는 시도는 「흔들렸다」의 경우처럼, 중심 이탈의 이미지를 쏘아올려 독특한 심상을 끌어내는 실험에 기대어 제시되기도 한다. "티롤이라는 까페"에서 아는 사람을 우연히 발견하고서 '나'는 그에게 말을 걸어보지만, 그는 내가 생각하는 그 사람이 아니라고 자신을 부정한다. 그러나 그의 변한 외모에도 불구하고, '나'는 그에게 "변하지 않은 모습이 더 많이 남아 있었다"는 확신을 갖고 있다. 변하지 않았다는 내 믿음이 흔들리기 시작하는 기미는 산문 안에서는 제 모습을 드러내지 않는다. 흔들림은 문제의 그 사람이 앉아 있는 광경을 바라보는 내 시선에 의해 다각도로 제시될, 여전히 희미한, 하나의 가능성일 뿐이다.

무릎 위에 꼭 쥔 주먹이 분명 그의 손이었다. 유리창 밖에서 갑자기 비둘기가 날았다. 그의 어깻죽지에서 솟았다. 시간이 오래 지났다고는 하지만 그가 왜 자기 이름까지 잊고 있는지, 왜 자신이기를 거부하는지 이해할 수 없었다. 꽝 소리가 났는데 세상은 멀쩡했고 어떤 사람은 자기가 아니라며 이름까지 잊고 있었다.

—「흔들렸다」 부분

피사체 하나(여기서는 '재인'이라 불리는 그)를 조망한 것 같지만, 초점은 다른 곳에 가 있다. 오히려 그 배경에 초점을 두고자 하는 기술 방식은, 중심에서 시각을 이탈시키는 동시에 시선을 두곳 이상의 방향으로 분산시킨다. 내 굳건한 믿음이 흔들리는 것에 대한 반어적 비유를 중심이 탈구된 이 이미지가 견인해낸다는 데 시의 비밀이 감추어져 있다. 내가 주시하고 있던 그 사람 뒤 까페의 유리창 밖에서 "비둘기" 한무리가 날아오른다. 내가 보고 있는 그의 모습과 이 갑작스레 날아오르는 비둘기떼가 포개어지면서, "비둘기"와 "그"의 합이라 할 충돌의 이미지, 즉 "그의 어깻죽지"가 도출된다는 사실에 주목해보자. 합쳐진 이미지로 우리의 초점이 옮겨지는 그 순간은 한편으로는 산문을 배반하는 징후가 목격되는 순간이기도 하다. 예컨대 (영화 용어를 빌리자면) 이 탈프레임 효과는 단순한 기법으로 기능하고 막을 내리는 것이 아니라, 산문을 읽는 우리의 독법 자체를 흔들어놓는 고유한 발상에 가깝다고 보아야 할 것이다. 이제, 이후의 구절을 어떻게 읽을 것인가? 인물에게만 집중하는 대신, 배경과 인물을 중첩시켜 중심을 사라지게 한 이중 포커스 장치 덕분에, 우리는 다음 구절을, 사실에 대한 확인과 강조가 아니라 반어적 효과를 창출하며 전개된 역설적 표현의 일종, 즉 아이러니로 읽어야 하는 입장에 놓이게 된다. 예컨대, 세상은 결코 멀쩡하지 않은 것이며, "아무 일도 없"이 지나가는 세상 따위는 결코 존재하지 않는다는 것, 사람들은 심지어 자기 자신의 존재조차, 아니 그 뿌리조차 거부하는 삶을 살아가고 있다는 시인의 감추어진 생각이 이 작품의 진정한 주어인 것이며, 중심 이탈 장치는 이 감추어진 부분을 드러내는 시발점이다. 이렇게 아이러니는 작품의 '산문' 속에는 애당초 흔적을 남기지 않았던 것이며, 시인이 산문에 작위적인 메스를 가한, 기획된 목적성 하에 끄집어낸 무엇, 그러니까 산문에서 시적 효과를 도출해내기 위해 감행한 실험의 소산인 것이다.

최정례에게 산문시는 로고스에서 미토스를 창출해내려는 투쟁의 결과라고 보아야 할 것이나, 그렇다고 3부 「있음과 있었음의 사이에서」와 같은 장시에 대해 할 말을 다 내려놓은 것은 아니다. 보이지 않는 대상과의 치열한 싸움, 그것을 밝혀내고자 혼란의 세계로 자발적으로 파고들어 기억을 지금-여기로 끌어오고 현재화된 기억에 새로운 질서를 부여하려는 이 작품에서 우리는 장르의 구분을 취하한 자리에서 출발한 새로운 글쓰기의 기투를 본다. 고통이었던 것을 고통의 현재로 전화해내며 의식과 무의식을 오가는 독특한 재현의 기록으로 흥건히 물들이고 있는 이 작품을 마주하여 우리는 아이러니하게도, 이 시인이, 나아가려는 산문과 회귀하려는 시의 경계를 허물며, 산문시의 유토피아를 꿈꾸는 원대한 기획에 참여하고 있다는 사실을 확인하게 된다. 장중하고 유려한 어법으로 시간과 존재에 대한 성찰을 전개한 이 작품은 사실 시집의 다른 작품들, 예컨대 "도로변에 떨어뜨린 아이 신발 한짝"과 "응급실"에 있는 사람이 보내는 요청, "데모하다 끌려갔던 감옥"에서 나온 과거 일을 "바람 불어 나뭇잎들 하나하나 뒤집히는 날"의 이야기로 묶어내며, "영혼"과 존재에 대한 사유를 독창적으로 풀어낸 「거처」나 시간의 주관적 해석 가능성을 이사 이야기를 통해 담아낸 「그 시간표 위로」 등을 '번역'한 것이라고 보아도 무방하다. 현재의 '있음'과 과거의 '있었음'이 서로 무관한 것이 아니라고 말하는 이 작품은, 아직 현실에 당도하지 않은 미지의 의문들을 우리 곁에 풀어놓은 이 시집의 상당수 작품들을 제 씨앗으로 삼고 있는 것은 아닌가. 의식과 무의식을 오가는, 고통으로 점철된, 그러니까, 산문도, 시도 아닌 상태에서, 고유한 산문시, 산문시의 고유성을 꿈꾸는 이 원대하다고 말하지 않을 수 없는 기획에 대해서, 우리가 언제까지 침묵하고만 있을 수는 없는 노릇이다.

5. 나는 산문, 시인이다

산문이 전진하는 힘을 머금고 있다는 사실을 가장 먼저 포착한 사람은 플라톤이었다. 산문의 이 힘으로 세상을 기획할 만큼 플라톤은 산문의 위력과 효율성을 누구보다 신뢰하였고 그 특성을 꿰뚫어보았지만, 동시에 그는 시를 가장 두려워했던 사람이기도 했다. 법률을 근간으로 질서를 유지하기 위해, 가장 먼저 공화국에서 추방해야 했던 자들은 바로 '연민'과 '공포'를 조장하는 시인이었다. 추방을 명하기 전에 변론의 기회가 주어졌지만, 시인들에게 알량하게 주어진 이 변호에 어떤 단서가 붙어 있지 않은 것은 아니었다. 공화국 질서의 근간이기도 한, 법률적·합리적 언어, 즉 산문을 사용하여, 더구나 시인이 아닌 자의 입으로, 시인이 제 정체성과 신념, 거주의 이유, 그러니까 존재의 근거를 마련해야 했던 기묘한 처지는, 19세기 후반 막 출간한 제 작품이 미풍양속을 해친다는 이유로 법정에 서야 했던 시인 보들레르가 맞닥뜨렸던 정치적 상황과 근본적으로 동일한 것이었다. '피고인, 변론의 기회를 주겠소. 그 무슨, 되도 않는 시 같은, 그런 알쏭달쏭한 말로, 말도 되지 않는 말을 늘어놓지 말고, 알아듣기 쉽게, 누구나, 모두, 이해할 수 있게, 산문이라는 합리적인 언어로 변론을 해보시오.'* 물론 보들레르는 한마디도 할 수 없었다. 땅! 땅! 땅!

플라톤이 이성-합리-법률의 언어로 규정했던 산문은 그렇다면 어떻게 시의 경지를 넘보는가? 산문의 외형을 부수지 않고서도, 그 견고한 상자 안에서 참호를 파고 흠집을

---

* 1857년 8월 20일 열린 『악의 꽃』 공판일지는 검사나 변호사 공히 산문으로 시를 설명할 것을 요구했다고 기록한다.

내며 제 시를 구현하고자 전개한 이 각개전투를 우리는 무엇이라고 부를까? 산문의 로고스와 자명한 진리를 시의 미토스와 무정형의 정념으로 흔들어대는 잘 알아주지 않는 모험을 누가 개진하고 있는가? 최정례가 기획의 일환으로 우리에게 투척한 이 산문시집은 과연 "거대한 도시를 빈번하게 왕래하고, 그 수많은 관계와 교섭하는 가운데" 제 "끈질긴 이상(理想)"(보들레르, 앞의 글)을 실현해낼 것인가?

산문시는 로고스의 질서 속에서 로고스 자체를 되묻게 하는, 모종의 되돌아오는 힘을 만들어낼 때, 시로서의 성립 가능성을 타진할 것이라고 우리는 말했다. 최정례의 시적 변화는 아이러니의 발명, 회전하는 문법, 이접이나 알레고리를 통해 폭발적인 순간을 창출하기, 중심 이탈의 이미지를 구축하여 동시다발적인 심상을 담아내는 작업 등을 통해, 전진하는 산문에 역행하는, 산문이라는 외형 안에서도 끊임없이 되돌아오고 회전하고 되감기며, 산문의 정체성에 금을 가게 하는 시적 징후를 마련해내면서, 이성과 감성, 산문과 시 사이에 자리한 이분법을 부정하는 시적 언어를 발견하려는 기획의 산물이라고 하지 않을 수 없다. 그러니까, 최정례가 선보인 이 산문시가 시가 되는 순간은 어떤 결단의 소산이기도 한 것이다. 예컨대, 이 시인은, 시에서 이야기를 거머쥔 댓가로 무언가를 지불해야 한다고 줄곧 생각해왔던 것이다. 먼 곳을 바라보고자 하는 원대한 열정을 실현하기 위해서라면, 사실 가까운 곳에 대한 성찰과 내 안으로 침투해오는 타자의 몫을 두려워하지 않고, 예측 불가능한 것들을 평범한 일상에서 도출해내는, 저 시적 모험에 내기를 걸어야 한다고 생각한 것은 아닐까?

이 현실이, 여기가 끝은 아니라는 생각이, 최정례에게 무언가를 고안하기 위해 위험을 감수해야 하는 모험의 계기가 되었다면, 우리는 그의 고안을 산문시의 발명에 바쳐진, 누구나 시로 여기지만 누구나 의문을 갖는 산문시의 본령을 확인하기 위해, 숱한 고심 끝에 내디딘 의구심의 실천적 헌사로 읽어야 할지도 모른다. 산문시의 실천으로 시인이 우리에게 투척하고자 하는 물음에는 이 시대에 시인으로 살아갈 수 있는 자격과 그 희미한 가능성에 대한 진지한 모색과 시 자체를 겨냥한 비판적 화살도 내재되어 있다고 볼 수밖에 없다. 시는 이렇게 시와도 싸울 수밖에 없으며, 산문이 시가 되는 고유한 방식에 대해서라면, 여전히 우리에게 남겨진 미지의 몫이 존재하는 것이다. 최정례에게 산문시는 제 시의 양식을 구해올 텃밭이자 시의 새로운 길을 찾아나설 전쟁터다.

趙在龍 | 문학평론가

웃을 수도 없고 울 수도 없는 이상한 날들이다. 무사태평처럼 보이는 일상의 안달복달이 반복된다 날아간다. 와중에 꾸려가고 있는 생각들도 자꾸 변형되면서 이게 시냐, 산문 아니야? 묻는다. 쓴다는 게 뭔가? 흩어져 있다가 꿈틀거리고 결합하기도 하면서 다시 돌아가는 것, 나가지 못하게 하고 꼼짝없이 나를 붙들어놓는 것, 당신을 내복처럼 껴입고 생각하는 것. 이것들이 대체 뭔가.

밑도 끝도 없는 이야기를 당신에게 하고 싶었다. 우리는 누군가의 이익을 위해 존재하는 게 아냐, 유령처럼 의식 속에서 무의식 속에서 중얼거리고 있었다. 당신에겐 당신 상황이 제일 중요하지 나는 내 상황이 중요하고, 이런 세상에 어쩌려고! 분노 속에서 당신을 꿈속으로 밀어넣을 수밖에 없었다. 이 세상에서 우리는 빠지기 직전에 구해져야 하는

데 아무도 건져주지 않는다. 그냥 죽게 내버려둔다. 헬리콥터가 떠서, 아 모든 게 괜찮아, 그러고는 돌아간다. 그리고 우리는 다음 장으로 넘어가는 것이다. 긴 시간이었지만 사실은 순간이었다. 우린 그 순간을 멍청히 바라보는 관객이었다.

산문과 시, 육신과 영혼, 이 취약하고 희미한 경계에서 내일이면 의미가 바뀌고 감각도 달라질 이 망상의 학교에서 나는 영영 졸업하지 못하고 헤매게 될 것 같다. 그러나 이 저주의 말에 내가 굴복하지 않기를 바란다.

2015년 2월

최정례

창비시선 383

개천은 용의 홈타운

초판 1쇄 발행/2015년 2월 10일

지은이/최정례
펴낸이/강일우
책임편집/윤자영
펴낸곳/(주)창비
등록/1986년 8월 5일 제85호
주소/413-120 경기도 파주시 회동길 184
전화/031-955-3333
팩시밀리/영업 031-955-3399 편집 031-955-3400
홈페이지/www.changbi.com
전자우편/lit@changbi.com

ⓒ 최정례 2015
ISBN 978-89-364-2383-4 03810

* 이 책은 한국문화예술위원회의 2013년도 아르코문학창작기금을 받았습니다.
* 이 책 내용의 전부 또는 일부를 재사용하려면
  반드시 저작권자와 창비 양측의 동의를 받아야 합니다.
* 책값은 뒤표지에 표시되어 있습니다.